滌這個不正常的人

廖瞇 著

目次

推薦序

人是如何遇難的

盧郁佳

二〇一九年，日本發生了神奈川隨機殺人案，等校車的小學生兩死十七傷。嫌犯是川崎市的五十一歲男子岩崎隆一，殺人後自殺。他不出門、沒有工作。他小時候父母離婚，由伯父收養，小學時外表文靜，遇到事情不順心會暴躁，所以漸漸落單，畢業也不參加同學會。

幾天以後，東京市七十六歲的農林水產省前事務次官熊澤英昭，拿刀刺死了四十四歲的兒子熊澤英一郎。父親事業成功，兒子一直沒工作，在家打電玩，每月買遊戲幣超過台幣九萬兩千元，近日嫌附近小學太吵，父子爭吵後，父親想起幾天前川崎市的隨機殺人事件，心想不能讓兒子害人。於是殺人後自首。

自從鄭捷隨機殺人事件以來，每次讀到這樣的新聞，都像是收到一封遇難者封在瓶中放流的求救信：「你知道我活著是什麼感覺，為什麼你還不來幫我？」但是我收到的時候，每一次都太遲了。所有人躺在地上，我無法阻止慘劇發生。繭居者熊澤英一郎遇難了，但因為社會把失業繭居看成恥辱，導致父母家人被迫隱瞞，社會資源難以介入黑箱做出改變，結果是家屬熊澤英昭也遇難了。繭居者需要支持，家屬需要支持。

人們為謀生而忙碌的時候，很難理解問題有多重要。但經濟惡化，貧富懸殊，失業增加，繭居者也增加。日本估計有超過五百萬人繭居，依比例，台灣至少也有一百一十五萬人繭居。這群人咬牙承受痛苦，當問題爆發，政府僅動員警力加班巡邏，發動媒體妖魔化兇手、譴責家屬、攻擊廢死。我沒看過對繭居的統計、調查、分析、報導、臨床報告。我想知道，人們是如何陷落幽谷的。

此時，廖瞇的散文《滌這個不正常的人》進行了重大的社會實驗。瞇的媽媽表示和瞇的弟弟已無法溝通了，在媽媽召喚下，她用一年訪問失業在家繭居十多年、三十七歲的弟弟「滌」，並獲得台北文學年金的獎助寫作成書。每次她回老家，去敲滌的門，滌都不知道她會來，她也不知道滌願不願意見她。她每次敲門都可能被拒絕，她敏銳、柔軟地拆解謎團，探索真相，在父母和弟弟的衝突間居中翻譯，也建立了後援的堡壘。伴侶對她觀察細膩，幫助她看見自己，由此同理母親和弟弟跟她同樣熱情敏感、易於焦慮，一旦失去掌控環境的安全感，就會受困、不安，孤立自己，試圖從孤獨中重返平靜。她向心理學者請益，根據他慷慨的指引，開始讀羅哲斯心理學作品《成為一個人：一個治療者對心理治療的觀點》，並從過去採訪時的積極聆聽經驗中掌握諮商技巧。種種社會資源通過瞇打開黑箱，流入了家庭，改變僵局。心理學者看出這是體制內難以想像的成功，瞇織補了在傷害誤會中斷落的人際連結，把彼此溝通的能力還給媽媽和弟弟。

滌「不正常」，因為他敏感。隔著兩層樓拉椅子刮過地板的噪音、樓下超商騎樓傳來的菸臭、陌生路人的側目、在房間裡眼角餘光瞥見客廳有家人在，日常一切都能嚴重干擾他，把他逼入絕境。所以即使房間開冷氣，他也要開窗開門通風。滌會在房間大叫「啊啊啊啊」，意思是瞇在客廳看電視影響他，害他買股票輸錢。滌很生氣，但因為滌承認瞇有權用客廳，所以他無法表達抗議，只能陷於失語，或是升級吼罵。但當瞇傾聽滌的需求，配合做出改變，背靠衣櫃而坐、但不讓衣櫃門碰撞作響；滌就感受到自主和能力，發現自己確實有能力改變瞇，使開始教謎如何開燈、開門而不發出噪音。滌開啟復歸，重新介入了人際空間。

隨著本書探索，讀者逐漸發現，感官資訊超載癱瘓，並不是滌主要的困擾，反而可能是適應困擾的對策。滌主要的困擾是「那些突如其來的聲音」、「那些沒有道理的聲音」持續干擾他，使他感覺需要如波赫士小說中的強記者，強迫性記憶電扇轉動的連續動作等細節，來分散壓力。壓力便從自我對話的聲音，轉移到背誦飲料成分表、如何觀察記憶所有資訊而不顧此失彼。他說也想過養貓狗或是交個女朋友，但他不想為此分心。其實他所有的努力都在設法分心。

究竟是誰的聲音在譴責他？表面上滌很任性，不負責任。滌玩股票賠太多錢，被媽媽停權。滌便為此生氣大鬧，回答謎「媽的錢就是我的錢，反正等她死了就都是我的」。

讀者只知道，滌的一家人，對品格道德的要求非常高，自律精神非常高。媽媽認為世上沒有「不想做就可以不要做」的事，被強迫時，服從是理所當然的。滌痛恨謎待在客廳，但承認謎有權用客廳，所以滌跟自己生悶氣，導致大吼大叫。謎在自己家時，緊張有訪客干擾，但承認訪客有權來訪，所以謎就跟自己生悶氣，導致被伴侶一問就會發火。也就是說，他們都很擅長強迫自己。他們最後發脾氣，別人可能誤以為是自我控制失敗；其實是控制太過成功，超出人體負荷所致。因為不確定性干擾他們，嚴重程度遠超出別人的想像，所以別人以為他們小題大作，其實他們已經高度忍耐了。他們已經是自我控制的頂級行家，但別人說他們任性，他們就誤以為自己任性，又更想控制自己，結果是滾雪球擴大災難。

本書乾淨極簡的文體，每頁都在讀者心中投影出鮮明的圖像。像是安靜的北歐電影，白色均勻的室外光源，白牆白地的環境，人物在其中穿梭活動，反應出乎觀眾意料，而每個人似乎都對此習以為常，淡然處之。在全書開頭，觀眾進入一個詭異陌生的空間，但敘述者睞看起來對此非常熟悉，像是故事已經開始了一半，帶著觀眾不明所以的擔憂，心虛膽寒迎向懸宕、未知。為什麼睞離家那麼久呢？為什麼滌要在超商背誦飲料成分表？一重重的謎團，使敘述產生詩性的神祕，甚至騰起一股魔性，吸引人往下讀。

當環境的混亂謎團達到雪崩臨界點時，睞會關掉對話，回到密室，也就是自己的內心，根據收集到的線索，重新組織路線地圖，訂定新的探險計畫。觀眾會在意外時刻得到解答，例如一開始觀眾會對滌建立的生存遊戲規則感到迷惑，為什麼客廳有人時，滌就不能從房間出去？然後，隨著規則的累積，當中共通的什麼已經足夠熟悉，觀眾幾乎不會再對類似的規則感到奇怪。接近結尾時，瞇在和宋的對話中，不經意提到了滌的服裝規則。觀眾恍然大悟，似乎得到了一種解答。

一開始，這個家的事情，瞇知道，而觀眾不知道。然後，這個房間的事情，滌知道，而瞇不知道。隨著情節進展，這個家的事情，媽媽知道，而瞇不知道。媽媽的事情，瞇知道，但滌不知道。令人驚訝的是滌不知道。這個屋子裡的魔王，居然也有他不知道的事情。那麼，在遙遠的異國，爸爸知道，而全家人都不知道的事情會是怎樣的呢？在遙遠的台北，瞇知道，而全家人都不知道的世界會是怎樣的呢？在澎湖，或是其他地方，滌知道的世界會是怎樣的呢？每個人都以為自己知道，但其實不知道的媽媽的世界會是怎樣的呢？是否每個人都有過孤獨的遇難史呢？像這樣的猜想在故事的伏流下不斷展開，充滿了現實所特有，曖昧、混濁的活力。

也許這是張愛玲散文〈私語〉以來最冒犯的家庭書寫了。旁人看著或許不懂這跟虛構的差別，然而新井一二三的散文《媽媽其實是皇后的毒蘋果？新井一二三逃出母語的陰影》自言是因為父母親友看不懂中文，所以才有辦法寫出來。厭世姬的散文《厭世女兒：你難道會不愛媽媽？》，寫於父母雙亡之後。想想若你要寫你的爸媽，寫你爸媽不願意你寫的那些家務事，而爸媽既不是外國人，也還沒過世。想想瓊瑤婚後寫了小說《窗外》真人真事驚動社會，爸媽震怒、感覺受辱，出版社老闆平鑫濤目睹她回娘家時立在巷內大門外，遲遲不敢按門鈴，孤寂可憐的大衣身影，你會明白這件事有多難。廖瞇非常難，家人也非常難，如此艱難的奉獻，所觸及的深度事實是驚人的。

我們內心常有個正義魔人，在高分貝指責我們言行、思想不正確，施壓要導回「正軌」。滌的告白，指引我們去分辨那些我們急於驅趕、導正的事物。

在對話中，不要只回應自己所幻想、持恆不變的存在，堅持餵貓吃素，餵羊吃魚。應該去感覺，去問，去聽，去分辨，回應那個真實的存在。像是在雙手雙膝之間，圍起一個安靜、隱密、不受自責聲音侵犯的房間，那個容許瞇和滌對話的房間。

盧郁佳：曾任《自由時報》主編、台北之音電台主持人、《Premiere首映》雜誌總編輯、《明日報》主編、《蘋果日報》主編、金石堂書店行銷總監，現全職寫作。曾獲《聯合報》等文學獎，著有《帽田雪人》、《愛比死更冷》等書。

推薦序

在日常中與不正常相處——為廖瞇作序

宋文里

近幾年來，我帶了好幾位研究生寫「生命敘說」，特別是以「自我俗民誌」的書寫方式作論文。自我俗民誌，簡言之，就是「自傳＋俗民誌」。其中的「俗民誌」在人類學寫作上更常見的形式就是「民族誌」。由於我帶的學生多半是做社會文化與臨床實踐的研究，他們的研究對象不是什麼「民族」，而是自己所參與的俗民生活，因此我們就把「民族誌」改稱為「俗民誌」。

什麼是「俗民生活」？再來一次簡言之：就是人人都在過的日常生活。只不過，凡是值得敘說書寫的，就不是什麼「正常」的「日常」。其中總有些特殊的生命性質激發了自己的寫作意圖。這樣的生命性質，說它是「不正常」也並不為過。

我曾經翻譯出版了一本精神分析的名著《正常人被鎮壓的瘋狂：精神分析，

四十四年的探索》（The Suppressed Madness of Sane Men: Forty-four Years of Exploring Psychoanalysis），作者梅莉恩・糜爾納（Marion Milner）是引用哲學家桑塔亞那（George Santayana）的用語作為她的書名。但這本書是題外話，我該談的是另外一本譯作，卡爾・羅哲斯（Carl Rogers）的《成為一個人：一個治療者對心理治療的觀點》（On Becoming a Person），廖瞇聽了我的推薦看這本書。

羅哲斯這本書的關鍵字眼不是「正常／不正常」，而是我最初跟廖瞇說的 regard ——並且在通信中，我特別說：這個普通字卻不好用中文來理解。西方人寫信，在署名之前加上 Best Regards，那是再普通不過的問候語，但我們若學樣說「（致上）最高的關懷」，那就太彆扭了——或者，你要怎樣表達你的關懷？

在家人之間，有一種必要的關係，我們的古書上說的「尊尊／親親」。我不是要在這裡進行訓詁考據，而是要說：這種套套邏輯，表達著「必要」，但卻不是充分的表達，以致我們的傳統表現出不知如何親其所親，乃至一直表現著近而不親的現象——我們在家人之間沒有多少可用的問候語，甚至在朋友之間寫信時也不能寫出 Sincerely Yours, Yours Lovingly, Always Yours, 等等。我們還覺得嘴巴裡說出「我愛你」是挺肉麻的。總之，我們不說我們的關懷。「上言加餐飯，下言長相憶」，後來只剩噓寒問暖，只問吃飽了沒而不談相思的傳統，實在太含蓄，太離題，根本不是親親之道，然而我們已經不知道該怎麼說了。

生命敘說中所談的「生命」，八九不離十是在談家人之間的共同成長。像這樣的主題，在心理治療／臨床／諮商的專業培養過程中，一定要經歷過有督導的敘說，把其中的關懷揚升到至高的境界——至少要能在書寫中寫出東西來，要言之有物，因為我們的傳統把我們淹沒太久了。然而，在學院訓練中，生命敘說的研究還在起步階段，很多人嘗試，但能寫得好的，還是不常見。精神分析的一位著名作者托馬斯・奧格登（Thomas H. Ogden）在他二〇一六年的一篇文章〈精神分析中的語言與真實〉（On Language and Truth in Psychoanalysis）一開頭就說：「作者在本文中首要的聚焦之處在於語言所扮演的角色——在分析療程中如何用語言把（患者）生命經驗中的真實帶出來。」這大約是專業訓練的最高理想。為此之故，我特意發展出「自我俗民誌」的寫法來為生命敘說另闢蹊徑。在這過程中，我的教學常常強調：我們不是不認得親情，而是缺乏表達的方式。我們不太會說，因此最需要學習的，其實就是文學。

廖瞇是個寫作好手。我最初認得的她，只是一份以哲學為主軸的兒童月刊裡的一位小編，沒機會看到她的寫作。甚至還因為她的本名而錯認為另一位同姓同名的人。她開始來徵詢我對於諮商／心理治療的意見時，我還不知她的用意何在，給的建議書單就是我翻譯的心理治療的古典著作《成為一個人》，以及一本後現代的翻修《翻轉與重建：心理治療與社會建構》（Therapy as Social Construction）。沒想到她當真看了書。就第一本，看得比我的學生仔細，還身體力行。相形之下，我的學生不知有什麼障礙，說不出這本經典的好處——也寫不出廖瞇風格的描述。

廖瞇寫的是「非小說」。她描述真實經驗，譬如把我也寫成書中的一個角色，叫做「宋」，但我在閱讀時只當他是個小說裡的角色。當我的學生苦追著「自我俗民誌」時，他們為了描述真實經驗而忘了小說的寫法。因此現在我必須向學生推薦廖瞇——無論說她對關係的把握，對事態的細描（或叫厚描、濃描），都接近古典大師的期待（我是說心理學家羅哲斯，以及人類學家格爾茨 [Clifford Geertz]），並且在描述中展開的形式，像巴洛克音樂那般綿密，卻是手到擒來，全不費工夫。我們該學的是她。

我說了什麼「正常／不正常」？我們需要這種陳腐的詞彙來過日子嗎？一

個極難相處的家人，在對話中展開關係，不必叫他有潔癖的弟弟，就叫他「滌」——廖瞇滌清了日常生活裡所有細密糾結的亂麻，雖然我不知後來會有什麼結局——過日子本來就不會有結局。好好對話，就贏來過日子的常道——是的，《道德經》裡的那種，以常名為名的常道（A Way of Being）。晚年的羅哲斯也常談這，譬如他的天鵝之歌，即他的最後一本書，*A Way of Being*，不用翻譯，廖瞇一定沒想到，但也一定知道這不是巧合吧？

宋文里：清華大學榮譽退休教授、輔仁大學兼任教授。美國伊利諾大學諮商心理學博士，專長領域為文化心理學、藝術心理學、文化的精神分析、宗教研究與批判教育學。著有《心理學與理心術：心靈的社會建構八講》、《重讀佛洛伊德》，以及期刊論文多篇。譯有《人類本性原論》、《成為一個人：一個治療者對心理治療的觀點》、《教育的文化：從文化心理學的觀點談教育的本質》、《關係的存有：超越自我・超越社群》與《翻轉與重建：心理治療與社會建構》等作品。

「在房間裡是他自己的選擇。」「不要變成怪物就好了。」「不要去傷害別人就好了。」我這樣想著，然後一天度過一天，一年度過一年……

掀開

滌姐坐在文學獎頒獎典禮會場，她翻開作品集中的評審紀錄，讀著讀著突然哭了。突然的意思是她自己也沒有想到，她覺得自己坐在那裡很不應該，如果可以的話她不想要坐在那裡，不想要書寫這個題目。

可以的話她希望滌是個正常的人。這跟她說的根本不一樣，她不是說「不正常不等於不正確」？她不是自以為可以客觀的看待不一樣的人？但為什麼她又要哭？她哭什麼？她在憐憫什麼？

她自己可能也說不清楚，但眼淚就是掉下來了。這是一個極大的衝突，被書寫的人在痛苦裡，書寫者在接受掌聲。書寫者所接受的掌聲意味著什麼？書寫者得到獎金可以快樂嗎？但是她很快樂。

她既快樂又難過，她想寫下去又不想寫下去，她想要去挖掘又希望不要打開門，那扇滌關著的門。

她其實是在衝動下開始書寫，在衝動中把這個書寫丟到一個不知結果的賭盤，讓賭盤去決定她接下來的行動。賭贏了就繼續，賭輸了就不去面對。賭盤結果推了她一把，現在她不得不寫，她卻有了質疑。

「現在我是為了寫，去跟滌說話嗎？」

「現在我是為了寫，去問爸媽那些問題嗎？」

其實也沒有什麼不得不，不過是獎金，不過是他人評價。真的不想寫，可以把這些都拋開。所以她是故意的，故意讓自己被綁住。所以她又哭什麼？會不會太矯情？

她想寫，想將這個謎團寫下。在書寫的時候，滌變成一個謎，滌的爸媽變成一個謎，她自己變成一個謎。但不書寫的時候，他們變回一個一個的人。

她想著，把這一切都掀開有用嗎？就算她解謎了，這對被書寫的人來說，有用嗎？

她一邊寫，一邊質疑書寫的意義。

滌這個不正常的人

我直覺寫下來會有幫助，雖然我不曉得能做什麼。但或許像他說的，他覺得說出來會有幫助：「我知道會有幫助，不是那種單純的以為而已，是那種預感式的知道，雖然在我們說話之前，它還沒有發生。」

有人會這樣說話嗎？用那麼不口語的方式說話？當然，這是我的回溯，我沒有錄音，所以不可能一字一句都說得很正確。我的記性很差，跟他不一樣；他總是能清楚的說出我們幾歲的時候，發生了什麼事。

「你記得我們以前吃完年夜飯後，爸會帶著我們坐夜車上台北嗎？到台北西站的時候，都用走的去西門町阿嬤家。那時候我們很小，我們提著自己的行李，跟在爸後面。你記得跨年的台北都很冷嗎？我還很小走得很慢，還提行李，可是那個人就叫我走快一點，要跟上他的腳步。」

他用「那個人」稱呼我們的爸爸。他也曾經用「一個傢伙」。

「那時候我其實很生氣，我覺得爸爸為什麼不等我，我還那麼小，走得慢又要提行李。可是我現在同意他了，弱者本來就要服從強者，我現在覺得他沒有不對。所以，現在變成是他要聽我的，媽也是。」

他講這話時，並不是真的同意爸爸了，而是在講一個「弱者要服從強者」的道理，他講那件事，只是為了要舉例。我一邊聽，一邊回想，好像明白了為什麼弟弟會是現在的弟弟，但好像又不是那麼明白。

弟弟，小我三歲的弟弟。但老實說弟弟這個詞我用得彆扭。並不是感情不好，也不是不承認，而是，我跟他除了血緣關係是姐弟外，不管是心理狀態還是日常生活的相處，我們都不像一般的姐弟。

但若不是姐弟，我又怎麼可能跟他說上那麼長一段話？但說真的我也不確定究竟是不是因為是姐弟，因為他連住在一起的爸媽都不說話了。現在的他幾乎不跟人說話，說話僅限基本的對話，有時候他連對話都懶，覺得沒有意義。比如媽問他要一起吃飯嗎？他的眼睛就向上飄；媽又問一次，姐姐回來你有想要跟我們一起吃飯嗎？他又是一樣的表情。

「其實你可以不用問他的。」我說。我心裡想著你明明知道他無法到人多的地方，更不會人與人之間的客套。他會想，你知道我不可能跟你們外出吃飯，你幹嘛還問？所以他斜眼，然後媽媽生氣。

回到他說的那件事，他剛剛說的那件小時候的事，其實我想不太起來。在事隔二十多年的現在，他竟然還記得那麼清楚，而我一點也不覺得發生過。嗯，吃完年夜飯我們都會跟著爸爸坐夜車回台北；嗯，我們都會拖行李，從台北西站走去西門町阿嬤家，這些我記得。但是他說爸爸大聲，爸爸兇他，他走得很趕很累卻又不能停下來休息，我幾乎一點印象也沒有。

我一點印象也沒有，但似乎又可以明白。自從弟有一回跟我說他幼稚園時發生的一件小事，我就突然明白了。

「有一次我在房間玩。爸在客廳打了一個很大的噴嚏，還清喉嚨，清痰。就是那個聲音，你知道那種ㄎㄚˊ一聲，很大很大會讓耳膜不舒服的那種聲音。然後我在房間就哭了，因為我嚇到了。結果那個人就進來對我吼，老爸只是清個喉嚨，哭什麼哭！」

我突然明白了。突然明白什麼呢？我突然明白我們雖然住在一起，但卻像是各過各的生活長大，因為他說的那些事我都不知道。我說蛤，你記得那麼清楚，那我小時候有沒有得罪過你你趕快講一下。這個時候我們之間的談話是輕鬆的，所以我可以這樣開玩笑。

但是他說，「有啊。」

「那你趕快講。」我還是開玩笑。

「我不想講，不是什麼嚴重的事。」

我停下來，不開玩笑了。我說你說嘛，這樣我才知道究竟怎麼了。他說真的不是什麼了不起的事，只是他都記得，「每一件發生過的事情，我只要能記著的，我都記得。要講會講不完。」

一直叫他弟弟，我覺得很怪，聽起來好小，但他一點都不小，他已經三十七歲了。所以我用「滌」來代稱這個弟弟，我都叫他「ㄉㄧˊ」，不是弟弟的意思，只是一個發音。還有因為他怕髒，他覺得這個世界很髒。

滌

我在廚房，等開水滾。我習慣早上喝咖啡，或熱茶。老家沒有沖咖啡的器具，我帶了一包茶葉回來，沖茶。

站在廚房時我想，這個廚房用得真是很少，可是好多蟑螂。蟑螂，從我小學二年級住在這裡的時候，家裡就有蟑螂了。多半是小隻的，大隻的不曉得到哪裡去了。家裡其實很乾淨，但蟑螂就是多，這大概是住商混合大樓的宿命。一樓有賣燒肉飯的、賣切仔麵的，還有一攤好像有賣麻油炒腰子。滌經常抱怨媽為什麼要買房子在這裡，又吵又西曬，油煙又多。是真的很吵，十字路口，從早上上學上班到半夜飆車族呼嘯而過。

這幾年來，滌開始對這些事生氣。但我們也住了二十幾年了。

有一次跟滌講話，講一講，我覺得不正常的好像是我。「為什麼你們不生氣？為什麼他們油煙那麼大？為什麼騎樓可以擺桌椅做生意？為什麼騎樓可以抽菸？

你知道我都會聞到騎樓的菸味？為什麼那些人要坐在那裡抽菸？他不知道菸味會隨著空氣飄嗎？坐在那裡夾著菸，在那邊呼呼呼，像白癡一樣。他為什麼不回家抽菸？」

「這世界無奈的事情很多。」我想這樣講，但又不敢這樣講，覺得這樣講很白爛。如果我這樣講，就代表我接受跟屈服？可是，真的是這樣啊，你在那邊生氣也沒用啊。而且，這裡是五樓啊。

「我要怎麼去跟樓下便利超商說請你們不要擺桌子在騎樓？叫別人不要在那裡抽菸？他們會說五樓怎麼可能聞到菸味？就算聞得到，為什麼不關窗戶呢？」媽媽說。

「騎樓是公共空間，本來就不可以擺。」滌說。

「那個我沒辦法，我沒辦法去講。那個沒有影響到我。」媽媽說，「要講你自己去講。」

滌不說話，眼睛向上飄。

滌的生活空間就是兩坪半的房間，加上不關房門延伸出去的客廳。他不使用客廳，但客廳是他空氣的範圍。「我需要比一般人更多的氧氣。」滌說。這是我後來才知道的事，那也是他不關窗的原因。

「我要很多氧氣，我的頭腦要思考事情。」在這個世界裡，滌最在意的就是他的腦袋，他腦袋的運作，他是不是能夠記住所有的事情。所以他需要很多氧氣，所以要把窗戶跟門都打開，連冬天也是，連十度的低溫也是。可是他討厭窗外門外所有的「噪音」跟「有味道的空氣」。那麼裝設氣密窗跟隔音門？不行，他說那樣沒有氧氣。

水滾了。我將滾水倒入茶葉中。我想著，滌跟爸媽搞不好沒有看過虹吸式咖啡，要是可以煮給他們看就好了，虹吸式咖啡那麼好玩。我這麼想的時候，發現廚房門口有一個黑影閃過。我急忙將茶沖好，流理檯面清理乾淨，茶端進客廳。

他的眼睛直視前方的電腦螢幕。他說，「你知道我的眼睛可以看到哪裡嗎？」

我知道他問的不是眼睛往前看可以看到哪裡，而是在不轉頭的情況下他的視線幅度可以到哪裡。若從他坐的位置往右邊手臂畫一條水平線，我坐在那水平線後方約三十度角的位置，也就是說，我坐在他的斜後方。我坐在他的斜後方，可以看到他的側臉，可以看到他眼睛正視前方的眼角餘光。我看著那餘光的射線越過我的眼前，經過我然後到達我右手邊距離一個跨步的電扇，那電扇約是坐落在他右眼眼角輻射水平線的位置。

「你可以看到電扇？還是電扇的後面？」我說。

電扇的後面是房間的門，門是開的，於是電扇的後面便是客廳。沿著那條線一直出去，會到達客廳的沙發。兩個月前的早上九點半，我就坐在那張沙發上，吃早餐，看著HBO的電影。

他沒有回答我的問題。

「我不用轉頭，就可以看見你坐在那邊吃早餐，而且我可以聽到電視的聲音。」

「我已經轉很小聲了。而且你可以關門。門是拿來關的吧？」

「我在工作，我需要很多氧氣。不能關門。」

他這麼說的時候，已經關上電腦螢幕。不是關機，只是關螢幕。他轉過頭來看我。他終於轉過頭來。他的臉很少有表情，意思是他的臉部肌肉很少動。他很少說話。他的嘴最常做的事是喝酒跟喝茶。他幾乎不喝水。

我很好奇如果關上門他會少掉多少氧氣？但我沒那麼問。我說，那你可以走出來跟我說，我坐在客廳會讓你沒有辦法專心。「還需要說嗎？我臉上就有寫。」他這麼說的時候，臉上並沒有生氣的表情。只要他開始說話，他幾乎不太生氣。他開始說話的時候，我什麼問題都可以問。

「我聽見你在房間內發出啊啊啊的聲音，我不明白那是什麼意思。」

「八點五十八分，我想要走去廚房喝水，等一下就要開盤了，結果有一個人站在那裡。」有一個人站在那裡，他指的是我。

「然後我在那邊等，不知道你要用多久。都亂掉了。」他說。「全部都亂掉了。」

「你可以直接跟我說。我可以接受，可以明白。但是我沒辦法明白啊啊啊的意思。你後來一直在房間裡啊啊啊，我走到你門口，問你怎麼了，你又啊。」我說。

我心裡想，其實我可以猜到啊啊啊的意思，我是不想接受那個聲音，但我沒有那麼說。「你有沒有可能用說的？」

「可是你沒有錯。你可以用廚房。所以我說不出來。」他說。

滌的爸媽

晚餐的時候，我跟爸媽提起可能會去住朋友家的事。

「我下次回來要辦一個工作坊，會待久一點，大概一個多禮拜。我考慮去住朋友家。」

「去住朋友家？好奇怪。」媽媽看著我，說完後笑了一下，笑容有點尷尬。爸爸倒是說好。

「有朋友家可以住，那好啊。你弟那麼奇怪。你去住朋友家，你弟跟你媽都比較輕鬆。」

其實我沒打算真的去住朋友家，我只是試探性的問，我想知道他們聽到我要去住朋友家的反應。

「家裡房間不夠。你回來我跟你媽就要睡一間。你媽一直都習慣自己睡，有人跟她一起睡，只要動一下她就會醒。結果只好我睡地板你媽睡床上，可是這樣很難睡。」

「那個是小事啦。是你弟比較奇怪，有外人在家他就會覺得很不自在。」媽媽講一講後低頭，「他現在也把你當外人了。」媽媽說完這句，安靜了好一會，「都是我這個媽媽不好。」最後她又補了一句。爸吃他的麵，我也吃我的麵。

「這不是你一個人的事，你不要覺得都是自己不好。」安靜了好一會之後，我說了這句話。我真的是這樣想，這並不是媽媽一個人的事。但媽媽聽了那句話後，突然像開關被按到：「什麼不是我一個人的事？現在就是我一個人的事！你跟你爸有關心嗎？你爸根本什麼都不管，每天過得爽爽的。你知道你爸跟你弟有多久沒有講話嗎？他們根本就沒有在講話。你也是，你多久沒跟你弟講話了？什麼不是我一個人的事，都是我一個人在操心！」

媽的音量突然高了起來。我轉頭去看隔壁桌。是，我們現在是在外面的麵店吃晚餐。現在五點多，麵店裡的人還少。我把頭轉回來，轉向媽媽，低聲說：「滌要過那樣的生活是他自己選擇的，他並不是因為腦袋不清楚還是斷手斷腳所以過那樣的生活。我沒跟他講話？他根本就不想跟別人講話，我要怎麼跟他講話？」我這麼說的時候，我想起好久之前我跟媽媽說，就算滌不想講話，我們每隔一段時間還是要去找他講話。但是現在我做不到。

理智上我知道要去跟他講話，但情緒上不想，心情上不想，別人要求的時候更不想。「為什麼你只在意滌需要什麼？你覺得滌需要有人跟他講話？那我的需要呢？我現在就是不想跟他講話！你為什麼不了解我的心情？我都講得那麼明白了！」說著說著我也激動起來。

我這樣想，我說出來給媽媽聽。可是她沒有什麼反應。經常是這樣，她究竟是因為重聽沒聽到？還是不想有反應？

「每次跟你講重一點的話，你就不高興。你弟就只跟你講話，你不跟他講話，他要跟誰講話？上次要你跟你弟講話，也不是要你去開導你弟還是什麼，就只是要你跟他打招呼。明明就是住在同一個屋簷下，連招呼也不打，很奇怪。」

「滌這種人根本就不屑打招呼。」我心裡這樣想，但沒有這樣講。你們不知道滌覺得你們那樣很蠢嗎？他根本就不想要有人去打擾他。他在房間裡看他的電腦，你經過他房間跟他嗨，跟他打招呼，他覺得那根本就是智障行為。「我在這邊做我自己的事，你幹嘛沒事來跟我嗨？」滌心裡就是那樣想。

「你弟很沒禮貌，對爸爸媽媽很沒禮貌，見到人都不會問好。」爸爸吃麵吃到一半，突然講這一句。

就是這個，打招呼是禮貌，問好是禮貌，但對滌來說他根本就不覺得這些事情重要。你不去跟他打招呼他反而覺得心安。

爸講完，繼續吃他的麵。媽媽也繼續吃麵。我想著要說什麼，有著什麼被壓在心裡。

「不想講了，每次講這個都要生氣。爸你等一下去幫弟買便當，巷口那家炸雞腿他很喜歡。記得叫他雞腿跟飯分開裝。」媽媽說。

滌

「我不知道為什麼後來會跟你講起來。我本來不想跟你講話的。」

「我也不想跟你講話。但就算吵架我還是要講，所以我就來找你講話。」一中間有一段時間是安靜的。我說完想說的話，坐在地板上。滌坐在椅子上，本來看著電腦螢幕，後來關上了。安靜約五分鐘，我坐在那裡，他也沒有離開位子。安靜前的最後一句對話好像是滌說我高估你了，我哼了一口氣說你有高估我嗎？

或許滌真的高估了我。

因為每次跟他講話之前我都要心理建設很久。我必須非常集中精神才能跟他講話。跟他講話不是聊天，雖然看起來很像。你不能讓他感覺你像智障。

滌一直覺得我很聰明，我在想，他大概是因為覺得我很聰明，才會願意跟我說話。其實我的腦子並不好，從我努力想要解數學問題想個幾天幾夜卻還是無解就可以知道。我只是愛想，但並不聰明。而滌是一個認為聰明很重要的人。

滌似乎認為我只是在裝傻。他總是說我大智若愚。我說不是，我的腦袋真的很平庸，但我從來不認為平庸是什麼不好的事；我不會為自己解不出來的題生氣，也不會為自己想不起來的事難過。

滌跟我恰好是完全相反的兩種人。

「我會被自己搞死。」

「被自己搞死？什麼意思？」

「因為你在廚房，我就不敢進去，然後就錯過了開盤第一刻的時間。我就是要好好的坐在那裡準備，但是我錯過了時間。結果那天輸得一塌糊塗。」

我後來才意識到，滌在意的不只是錢，而是「輸了」。

「我去便利超商，我會盯著貨架上的飲料，從左到右，把它們的順序記起來。或是看著成分表，看十秒鐘，然後閉上眼睛，把成分表背起來。」

「可是就是有人，要站在旁邊偷看。我轉頭看他，那個人就又把頭轉掉，假裝沒事。孔子說小人女子難養也，三姑六婆。」

「所以看你的人大部分都是歐巴桑嗎？」

「在那邊交頭接耳。我已經選人很少的時候去了。是要我怎樣。」

「因為她們不了解你啊，她們不知道你在幹嘛。」

「她們幹嘛要了解？她們不用了解。做好自己的事就好，看別人幹什麼。」

其實我可以理解，在旁人眼中，滌真的很怪異。他終年穿短袖，即使是寒流來的十度低溫，最多加一件薄外套。不坐電梯，不搭大眾交通工具，永遠走路。

不背不拿任何提袋，只買雙手可以拿得走的東西。

有時候我會想，滌是不正常的，可是正常意味著正確？不正常就是不正確？我這樣講，有人會覺得我詭辯，不，我沒有要詭辯。我是說真的，越跟滌談話，就越覺得沒什麼正確不正確。

但是簡化來說，一個頭好腳好手好的人，畢了業不工作，在家給人養十幾年。白日幾乎足不出戶，夜間才會出門。站在商品貨架前自言自語，遇到人就要後退，聞到樓下飄上來的菸味就大吼，不曉得哪一層樓傳來的拉椅子聲音他也大叫。這樣的人，難道要說「他雖然不正常但是並非不正確」，然後說隨他去吧，真的可以這樣嗎？難道你要說你覺得你弟那樣是好的？你覺得你爸媽跟你弟那樣是好的？當然我不會說好，怎麼樣好像都說不出「好」。

有一陣子我在想，如果爸媽不開那間終年無休的彩色沖印店；如果媽媽不要一年只休除夕夜；如果，在滌預官受訓的那個禮拜，我可以堅持不聽媽的話去成功嶺把他領回，他有沒有可能會「正常」一點？

那天是禮拜四，我接到媽的電話說滌希望我們「馬上」去成功嶺領他回家，他決定要預官退訓。我說可是他禮拜六就放假了，不能放假回家再來討論嗎？我一定要現在馬上去領他出來嗎？我還要上課耶。媽說不行，她擔心有萬一，「你現在馬上就搭車去成功嶺！」

那是我第一次去成功嶺。

搭車的時候我腦袋有這樣的想法——如果滌因為這種事情死了，那麼就算這次不死，那他以後遇到別的事情還是會死。他有可能一輩子這樣退退退嗎？他要退到哪裡去？那時候我還不知道，從那之後他就真的一直在退，不僅預官退訓，接著他以膝蓋開刀為由，終於換得退役。他退回家裡，再退到房間。他一開始還找工作，他曾經去到澎湖工作，但沒多久就回來了。他寧願遭受奇特的眼光，也不再找工作了，包括他的同學，他的同學無法理解當年的榜首為什麼現在沒有工作。

我有時候想，如果我早一點開始跟他說話，那麼他有沒有可能「正常」一點？所以我也只是希望他平平凡凡，正正常常就好了？我根本沒有打算了解他真正在抗拒的是什麼？

為什麼我一邊說「不正常並非不正確」，但同時又希望他是個正常的人呢？

滌爸

「我等一下要去買皮帶。」

「你要去哪裡買？」

「我記得文化中心那邊有攤販。」

「人家那個是手工藝，你皮帶去那邊買很貴，不要去亂買。」

「我記得以前看過，一條大概兩三百啊。」

「總之很貴你就不要亂買。要不要我陪你去？」

我吃東西慢，爸媽吃完在那邊等。爸說想去買皮帶，媽提醒爸不要亂買。媽總是擔心他亂買。我吃完最後一口麵，我說：「等一下我跟爸爸去。」

「你要跟我去？」

「對呀，吃飽散步。」

「好那走吧。」

媽媽自己先回家，我跟爸爸走路去文化中心。上次跟爸爸散步好像是很久以前的事，好像是一兩年前。有時候想，散個步吃個飯這種平常的事，在我們家卻要特別約。爸媽晚餐吃得早，平常他們自己吃可能五點以前就吃飽了，所以他們跟我約五點算是晚。吃飯的話就是去外邊吃，媽媽說在家煮會吵到滌，也沒辦法好好聊天。我已經快忘記上次跟滌一起吃飯是多久以前的事了。我的記性不太好。

「說起來都是我們做爸媽的不好。」走在前面的爸突然慢下來，我加快腳步跟到他旁邊。「都是我們沒有把滌教好，讓他變成現在這個樣子。」爸爸一邊走一邊說，「可是你就那麼乖，我們還不是一樣在教，你弟就那麼自私，那麼沒有禮貌。」

我想起之前跟爸對話的內容，也是一樣。那次在家裡的客廳，爸拿出鳳梨在客廳吃，「你弟出去了。」爸說。

「你弟很奇怪，只要他在家就不准別人用客廳，好像他是老大。」爸一邊吃鳳梨一邊說，「你說他奇不奇怪，我跟媽媽都是一樣在教啊，你就那麼乖，他就那麼奇怪。」

爸這樣講，好像在等我回話，好像在等我附和，說對呀，滌那麼奇怪，都是他一個人的問題。但我什麼都沒有講，我只是默默的喝水。我在想「都是一樣在教」，一樣在教什麼呢？

爸看我沒做聲，就繼續講，「你知道你弟對老爸很沒有禮貌，見到老爸都不會打招呼。」

所以爸要說什麼呢？為什麼「一樣在教」，我就那麼「禮貌」？而滌那麼「不禮貌」嗎？我完全無法也不知道要怎麼回應他的話，因為我一點都不在乎那種禮貌。

「都是你媽把你弟寵壞了。」

我依舊安靜，而爸繼續說。都是你媽把你弟寵壞了，從小都不讓他做家事，都讀大學了還在幫他洗衣服，你弟什麼家事都不做的，心情不好就大吼大叫。我沉默著，靜靜地跟在爸後面走著。

我其實不太想繼續那個話題，我覺得爸並不是想跟我討論滌的事，他只是想跟我抱怨滌很奇怪。跟媽媽不一樣，媽媽是真的想要找我討論滌的事，但爸只是在碎唸。

有一次我跟媽說，我覺得跟爸好像不太能好好討論事情耶。媽說，「你跟你爸不是感情還不錯嗎？你們不是都會聊天？」我說聊天是會聊天，但是沒有辦法討論事情，爸爸並沒有想要了解事情。

「有空還是要跟你爸講講話。」媽最後丟下一句。

但後來想，好像也是，越不講話就越來越沒有話講了，就算是無意義的閒聊也好。這麼想的時候，我發現自己不曉得從什麼時候開始，越來越在意事情的意義，好像做什麼事都要有意義一樣。當然我知道不是，但有時候會這樣。

我突然想起讀大學的時候在台北，我接到爸的電話，要我去醫院看阿嬤。

「大伯打給爸爸，說阿嬤現在在醫院。你幫爸爸去看阿嬤。」

我去了醫院，依著爸爸給的房間號碼，找到了阿嬤。是幾人房我已經忘了，是很大的一間，裡面用布簾隔著，有的拉起來，有的沒有。阿嬤在其中一個床位，插著鼻管，沒有認識的親戚在旁。

孤伶伶的，是我當時第一個印象。我覺得可憐，卻不是因為那是我阿嬤，而是因為她看起來孤伶伶的。

沒有人在旁邊，我也沒有人可以問，問阿嬤的近況。阿嬤看起來已經有點不像阿嬤了，雖然我跟阿嬤不親也不熟，但我還是有印象從前的阿嬤。現在眼前的這個阿嬤，看起來像是任何一個縮小的老人，她臉的線條已經跟原來不太一樣了，要仔細看，才會發現這是阿嬤。

我靠近阿嬤的床邊，稍稍貼近她，想看看她是不是有在呼吸，還活著。這個行為很蠢，但我有一種「她真的還活著嗎」的想法。我靠近她，然後我聞到一點臭臭的味道。

啊，可能是沒有換尿布。

但我沒有想到要叫護士換尿布，我好像不敢去叫護士。我對那個環境很陌生，不知道自己可以做什麼。我去看阿嬤，我看到了阿嬤。然後，我就走了。我不知道我留下來可以做什麼，留在那裡的意義是什麼。「阿嬤也不知道會不會醒，待在那裡也不知道要幹嘛。」我這樣對自己說，然後我就走了。

「真是不知道你弟怎麼會變這樣？他本來是榜首耶！」爸一邊走一邊說。

那天微雨，文化中心沒有什麼攤販出來擺。就算是有，要買到平價的皮帶機率也很低，我是抱著就是陪爸爸出來散步的想法。我想，是榜首又怎麼樣呢？我的又怎麼樣並不是說榜首有什麼了不起，或是你看他現在沒有什麼成就，不是這個意思。

爸媽本來並不特別注重滌的課業表現，因為他從小表現得很普通，一直到滌選讀了高職而非高中，進了高職之後發現自己「隨便念念」都拿第一，突然間，滌成了爸媽眼中會讀書的孩子。

「他考四技二專的時候，是他那一類組的榜首欸。」「念科大的時候，每個學期都拿獎學金。可是他從來沒有想過要拿回來孝敬父母耶。」爸一邊講一邊笑，那個笑是有一點「嘿嘿嘿你看看」的味道，「你知道嗎？他拿去請他的女同學吃飯，一次還請兩個。」

爸言下之意有這個小子真厲害，一次泡兩個妞的味道。我很想跟他說不是你想的那樣，現在年輕人吃飯就真的是一般吃飯，不是什麼泡妞不泡妞。我猜想那兩個女生可能是滌比較好的朋友吧？不過，現在好像完全沒有同學來找他了。他大概也不想被別人找。

「你弟還會約同學來家裡打牌。」

聽到這個我倒是有點驚訝。滌約同學來家裡打牌？「那他自己打不打？」

「好像沒有打吧，他在旁邊看。」我有點難想像滌會做這樣的事，但似乎又可以明白。出借場地，讓朋友來家裡喝酒打牌喇賽，自己則是在一旁安靜的看牌。提供場地讓大家玩是他交朋友的一種方式？可是同時我好像又覺得他並不是真的那麼樂意，從裡面得到快樂。

我想起滌那個時候還會跟同學一起去唱歌。

「你知道我高音可以飆到多高嗎？」滌說，「我都唱張學友的歌。歌神啊，真的是歌神。」

我聽滌那樣講，心裡覺得想笑，那個笑不是取笑，是這個人怎麼這麼好玩。這個人也有好好玩的樣子。滌對自己的歌喉似乎非常引以為傲。

「可是啊，我每次唱歌唱完，都要把自己弄乾淨。」滌說著唱歌的事，但他說完後接著說，要把自己弄乾淨。

把自己弄乾淨是怎麼弄乾淨？滌好像有說，但我忘了。我其實並不清楚滌是不是真的把那些朋友當作朋友？他會跟他們一起唱歌、打牌，在當中應該也是得到愉快，但同時似乎又有點瞧不起他們，滌覺得他們都不是聰明的人。

滌為什麼會這樣呢？我在心裡一直問。或許沒有原因？或許他從小就是那樣？只是我不知道罷了。寫到這裡我突然想起，滌最討厭的就是爸爸打牌。

「他憑什麼對我說教，不想想他自己做了什麼事！」

「媽媽說你對爸爸態度很差。」

「他根本沒有資格跟我說什麼。他只會說，我是你老爸。」

我在想，如果是別人，滌應該不會露出那種輕蔑的態度；嗯，也有可能是不敢。我說不要說老爸不老爸，我們對待一般人，不是能盡量好好說話就好好說話嗎？滌說，是他先大聲。

但爸說的不是這樣，他說他問你話你都不回，愛理不理的樣子。

滌又翻白眼。

滌翻白眼的樣子真的很令人討厭，如果他翻白眼的對象是我，我一定也受不了，一副那種「你這個白癡我懶得理你」的模樣。

但我又可以明白滌為什麼討厭老爸。小學三年級的時候，爸跟老闆去中南美的一個小島，爸說這樣賺錢比較快。結果除了第一個半年拿十萬回來，之後就再也沒有拿錢回來了。第二年，媽給他寄了五十萬。忘了是第三年還是第四年，爸回來了。爸爸回來了，偶爾會說起他在國外工作那段風光日子，說吃得多好多好，住得多好多好，但爸爸到底是為什麼回來的呢？他自己從來沒有說過。

爸爸一直都笑笑的，爸爸什麼都不說。但我從小就知道，爸爸在打牌。爸在國外那幾年，媽一個月賺兩萬多，要養一家三口，繳房貸，還要給他還債。但爸回來之後繼續打牌，打電玩，打打打，不曉得打去了多少錢。

媽媽有時候會說，你爸個性真的是很好，我怎麼兇他都不會生氣。媽媽說這句話的時候，我想著她到底是什麼心情？

「沒有自省能力，沒有自省能力。」滌說，那個人沒有自省能力。

寫到這裡我在想，滌跟爸之間存在著什麼樣的一種感情呢？其實我連自己跟爸爸之間的感情是什麼我都不清楚。我停了好久，我想了好久，我好像不知道要怎麼講。

那個感覺是，雖然在一起生活了那麼久，但實際的交集很少。就算有也只是表面的交集。這樣講好像很奇怪，什麼叫做表面的交集？我的意思是，我並不了解我爸，而我覺得他也不了解我。

爸爸現在對我來說，像是一個名為「爸爸」的，有血緣關係的人。我不曉得爸爸對他的小孩的感情是什麼，但媽媽的感情就很明確。她擔心，她碎唸，她放不開。並不是說這樣子才叫做感情，而是透過這些我明白她的感情。

那麼，爸跟滌之間的感情是什麼呢？

「你弟那麼會讀書，我跟你媽都想他畢業考個公務員一定沒問題，他那麼會考試。」

「滌怎麼可能去當公務員？」

「他要考一定考得上，可是他什麼也不考，連證照也不考。他的同學都好幾張證照了。」

「他考證照要幹嘛？他又不可能去做那些事。」

滌

他又在對著窗外叫，我不想理，但都聽見。我聽見走來走去的聲音，接著聽到咒罵的聲音，幹！給不給活路啊！斷斷續續。我從門縫看，他打開家裡鐵門走出去，口中唸唸有詞。如果可以不要管我也不想管，我明天一早還要上課，但我已經聽見也睡不著了。我在房間裡聽著，猶豫著要不要出去。我猶豫著，心臟跳得很快。我聽見他走出去，拉開紗門，打開鐵門。我聽見他走回來，我聽見他又走出去。其實我不知道我怕什麼，我只知道我怕。我聽見他在樓梯口叫，我想我應該出去看一下。我怕什麼？我怕不知道會發生什麼事？我怕鄰居出來？

我起來，開門出去，發現他走回來了，進到廚房。我走到客廳，望向廚房的他，他正舉著他的右手，腕上有血。

他發現我看見了，幹幹幹！他連續罵。那是半夜一點。

他舉著他的右手，腕上有血，我看不太懂。我問，那是誰的血？他沒有回答，眼睛又向上飄。我又問是你的嗎？他說，你們是要逼死我嗎？

我看著他的手腕，紅成一片中我看到傷口。他把手腕高舉過胸，那麼，那是他自己的血了。是他自己的就不用太擔心，而且看起來傷口沒有繼續流血，那些血應該是剛剛流的。

我退回房間，我在裡面等。我想他現在應該是在清理血跡，他不想被人看見。我聽見他走出門走到樓梯間的聲音。過了五分鐘，我聽見他走回來。我走出去。

他站在客廳，右手高舉過胸。我問還好嗎？他眼睛一樣向上飄，沒有說話。我走近他，我說，看起來好像沒有在流血了。我看到那右手手腕的傷口，長約兩公分，有點深度，像是被一定厚度的東西劃到。我說，看起來還好嘛。我忘了當時還說了什麼，他聽著就笑出來，然後就沒事了。

然後就沒事了。意思是我知道危機已經解除。他說，這種時候還可以開玩笑，真是有你的。我說，我沒開玩笑啊。

他整個人都鬆了，接下來我什麼都可以問了，他不會再白眼我了。

我問他那是怎麼弄的，你自己弄的？還是別人弄的？他說我又不是白癡，我怎麼可能把自己弄成這樣！他說完後又說，但我真的是個白癡。

「樓下很臭，一直有菸味飄上來，我想出去散步，走樓梯下去又發現樓梯有菸味。我忍著走過去，我去便利超商買啤酒。我走樓梯上來，又聞到菸味。我受不了了，啤酒瓶砸下去，然後就被反彈的玻璃碎片劃到。」

聽起來有點恐怖，但又很蠢。他想血流了整個樓梯，被發現怎麼辦？所以他趕快走上來，去廚房找抹布。又想抹布沾了血會被媽媽發現，那樣不行，所以他用衛生紙，可是不夠擦，所以他來來回回走。

「難怪我在房間裡聽到你進進出出。」我說。因為鬆了，所以我其實有點想笑，又覺得不應該。我想他這麼怕被別人發現，那他平常大吼大叫都不怕別人發現？但我沒在這時候吐槽他。我問，那現在都擦乾淨了？「檢查過了，都乾淨了。」「感覺好像犯案後在清理現場。」他說。

「現在我的手腕這樣動，會感覺到我的筋耶。」他動給我看，我說我看不到。我說，你需要包紮嗎？他想一想，說，不用，讓他通風好了。我說要包的話，家裡好像也沒有紗布。然後我們說起家裡完全沒有基本的醫療用品。他說，媽都沒準備。我心裡想，這個家又不是媽一個人的。

「真的不需要紗布？我可以去買。」

「不用，但你可以幫我買啤酒嗎？我現在手這樣，不能自己去買。」

「好啊，可是你現在想要喝啤酒？」

「對呀，因為剛剛買的摔破了嘛！」

「你要買多少？」

「一手好了。」

我在買的時候，才在那邊想，我為什麼要幫他買啤酒啊？他不能買不就剛好不要買嗎？媽不是說他酒喝太多了？他自己沒辦法買啤酒，我去幫他買，跟媽之前幫他搬家不是沒兩樣？

但我還是買了。我也不覺得不能幫那個忙。剛剛那個狀況，幫他買啤酒會比較順。雖然我還是覺得哪裡奇怪。我拿了六罐啤酒，還有兩罐藥酒，提起來很重。買回家後，他說謝謝。他打開一罐啤酒，看起來心情很好，很想聊天。我跟他聊了一下，我忘了聊什麼了，大概是每次都會聊到的，他聽到什麼什麼聲音呀，聞到什麼什麼味道呀。我說，有沒有那種可以發揮你這種特異功能的工作啊？他說，他有想過，「可是我不能去呀，萬一我出錯怎麼辦？」我說，你好怕出錯。

他說對，我如果會死應該是被自己搞死。

「跟你講話好爽。我已經兩個月沒有講話了。」

小時候我覺得滌很無聊。

我們差三歲，算起來年紀差距不大，在家時會一起玩。但如果是出門，我就不想帶他一起。對，他比較小我比較大，所以是帶。媽媽會說，要出去玩的話要帶著弟弟一起，不可以把弟弟一個人放在家裡。可是，我是要跟我的同學出去玩耶，帶著弟弟不就不能玩了！滌又不會跟他們一起玩，又很會哭，我還要照顧他，那要怎麼玩？

所以媽媽不在家的時候，我跟弟弟多半是在家裡看錄影帶。看小叮噹、聖鬥士星矢、鬼太郎。但有時候我想要偷偷跑出去玩，我躡手躡腳的要出去。躡手躡腳其實沒用，因為我們家很小，一下就被發現。本來在睡覺的滌聽見我拉紗門的聲音，就跑出來，說你要去哪裡。

「我出去一下。」

「我也要去。」

「你不能去。」

滌不聽，要跟著我走。

「媽媽說你不能出去啦！」我擋住他。

滌用力往前推，我也用力把他往後推。

「你不能出去！」最後我用力一推，他跌倒在地。

那時候我三年級，滌一年級。

印象中還有過幾次我跟滌打架。說起來根本不算是打架，因為滌那時候太小了，從外邊看根本就是我在欺負他。但我不覺得我是在欺負他，因為他很用力，我也很用力，只是他的力氣比較小，總是會輸，會被我壓倒在地。

從小我就沒有把滌當弟弟。這種感覺說起來很奇妙，滌當然是弟弟，但我卻不扮演人家說的那種姐姐的角色。我不保護他，也不教導他。在家的時候會一起玩一起看錄影帶，但他只是玩伴，不是弟弟。我們沒有人家說的那種深厚的手足之情，他只是跟我一起長大。我對他的感情並不因為他是我的弟弟，而比較多。

但我上台北讀大學後，返家時開始會跟滌聊天。那個時候年齡依舊是差三歲，卻都是大人了。那段日子大概是我們相處最愉快的時光，我們可以連續講話講好幾個小時，都還捨不得去睡覺。有時候想來很神奇，至今我也還在想這個問題——從小到大我跟滌的互動不算多，特別是我國高中的那六年，我幾乎想不起來我跟滌共同做過的事，除了曾經一起去過教會。我跟滌的互動不算多，但我跟他居然都慢慢長成一種「覺得思考很重要的人」。

當我年紀越來越大，我發現自己變成一個這樣的人，然後我發現滌也是。「覺得思考很重要」，大概是為什麼我們後來還能一起說話的原因。

但在我的認知裡，能夠思考的人，理應能夠自己生活，因為他應該要能思考判斷許多事情，比如這件事做了會有什麼結果？或是這麼做真的有邏輯可言嗎？或是我該怎麼面對與處理自己的困境？

所以剛開始，在我認為滌是一個能夠思考的人的同時，我對他也抱持著許多疑惑。有一陣子，大樓晚上總是會傳出拉桌椅的聲音，滌說那是樓上的人故意，故意要打擾他，所以他就回以更大的聲音，比如敲打牆壁，或是大叫。

「你為什麼覺得樓上的人是針對你？」

「時間點太剛好了。」

「可是我們樓上沒有住人。」

「是七樓的。」

「七樓的為什麼要針對你？」

「他們就是針對我，因為我一往上打天花板他們聲音就停了。」

「可是，這有點不合邏輯。」我說，「你說你的聽力異於常人，所以可以聽到六樓七樓甚至八樓的聲音，然後四樓三樓連一樓的便利超商叮咚你都可以聽到，這個我相信，我相信你異於常人。可是，我不相信七樓也剛好住了一個異於常人的人，可以聽到隔了兩個樓層的聲音。」

滌露出不以為然的表情，卻也沒有反駁我。

「七樓住的是一個大姐和她媽媽。我覺得她們沒有那麼厲害可以監控你在五樓幹什麼。」我這麼說的時候，剛好傳出拉椅子的聲音。

「聽到了嗎？」滌一臉像是抓到什麼證據的表情。

我說聽到了，但怎麼樣呢？就是拉椅子的聲音啊，「人家不是針對你。」

記錄與滌的對話，是每次一點一點的。每次一點一點，但每次我的頭腦都很脹，都很混亂。資訊量太大了。每次跟滌說完話都是如此。明明才說了兩個小時的話。兩個小時其實很多，但我知道對他來說是「才」。他一定很想再多說一點，但是我已經必須休息了。

跟我談話的滌，與爸媽口中那個瘋狂的滌，幾乎是兩個人。但瘋狂其實是過度理性的結果。今天我們談到微分，瘋狂是微分的結果。完美主義、強迫症，都是微分的表現。滌站起來，「你看我的腳，我的腳穿那雙鞋，那雙鞋是球鞋，跟慢跑鞋又不一樣。我的腳底摩擦球鞋的內裡，球鞋摩擦地面的角度，這樣抬起，然後這樣，這樣，這樣摩擦地面……」我一開始看不太懂，後來我才知道他在示範走路。

「你看走路，走路就是這樣切割成很多動作，不是一個動作。然後你從正面看，側邊看，後面看，從不同的角度看樣子都不同……這些都要記下來……」滌一邊動作著腳步，一邊這樣說。

我說怎麼可能？那不是要把自己搞死了？

滌說對呀，是要把自己搞死了沒錯，「我每天都在注意這些事情就好了。」

「怎麼可能全部記起來？光是要看清楚就不可能……」我說，「不過你這一提，我想起了我大學時候聽過的一個寓言，還是神話，有一個人，馬匹在跑步的時候，他可以記住馬腳所有的分解動作，他不是想要記住，他是不得不記住，他就是能看清楚每個動作，然後他就是會記得。後來他還能記住火的樣子。火的樣子耶，不是每一秒鐘火的樣子，而是連續不間斷的火的樣子。」

「後來，那個人就死了……」我本來不想說那個人死了，我怕滌會覺得我在說所以你繼續這樣那你就會死掉喔。結果滌說對呀，這樣一定會早死。

「我剛剛是不是碰到你的腳了？」滌突然說。

我說對呀，「所以我把腳縮進來了。沒關係呀。」

「我就是討厭這樣……我剛剛在注意那邊，然後就沒有注意到你的腳。我就是討厭這樣，注意了那邊就沒辦法注意這邊，可是我以前不會這樣，我以前就是會全部注意到……還有我最討厭這種突然的，這種突然的碰觸，突然的聲音，沒有心理準備……」

我本來想說，碰到不會怎樣。但想著想著又覺得這是廢話。滌就是覺得會怎麼樣，所以才會那樣在意，去跟他講說不會怎樣，好像是廢話，好像是屁話。

所以我沒有回話，我聽他說。他說完後沉默了一會，突然間他又看著電扇，「你看這個電扇，它在轉動，轉動的時候有幾個葉片呢？看不出來吧。但是看得很細還是可以看得出來喔……」突然間滌又跳回來，跳回來微分的話題。

我說怎麼可能？怎麼樣都看不出來吧！看得出來就要死了，每天都在看這些東西就好了。我笑出來。滌也笑出來，「對呀看得出來還得了。」他很少開玩笑。

「但是呀，你是什麼時候開始這個樣子？」才剛說完我就意識到我該不會已經問過這個問題，「這個問題我是不是問過啊？」滌點頭。

「但是我忘記了耶，你可以再講一次嗎？我想起來了，我們以前不是講微分吧，我們說的是你是從什麼時候開始不願意在別人面前犯錯，雖然這兩者應該有關係。」

滌安靜著，像是在想，過了大概一分鐘的沉默，「這其實也是一種微分啊。一直微分下去，應該可以推到出生前吧……」滌說。

「一直微分下去當然是可以，但是出生前我們什麼都不知道啊，這樣不行啦。你說出生後你最早的記憶好了。就出生後你記得的第一件事。」

「這個東西很小，然後又很大。」滌突然冒出這句話。

「什麼？」我完全聽不懂他說什麼。

「就是這個，我那時候說『這個東西很小，然後又很大』，然後你就說『什麼』，我就覺得我好像說錯話。」

「那是什麼時候的事？」

滌敲自己的腦袋，「我記不清楚了，我就是很討厭自己這樣……」

「怎麼可能所有的事情都記得。」我說。

「可是我就是希望自己可以記得。好吧，那大概是我國小，你可能也國小，或是國中。我們在這個房間，我躺在這裡，看著一個東西說『這個東西很小，然後又很大』，你就說『什麼』……」

「我說『什麼』的時候，口氣有很差嗎？」我問。

「我說啦，那時候我很小，你也很小，所以也沒有口氣差不差的問題。就是你不懂我在講什麼吧，我只是把自己看到的景象說出來。我現在也想不起來那個景象是什麼，那應該就是微分後的景象。我看著一個東西覺得它既很小又很大，我覺得很奇怪，我就說了那樣一句話，然後你回我『什麼』……」

那似乎就是滌印象中，他會去注意事情微小細節的，最早的一個畫面。然後我發現，滌從前好像是壓抑著不講的。我的意思是，滌說我說「什麼」，如果他可以繼續接下去說他發現的那個東西，說不定我也會發現，說不定我也能看見他看見的東西。但是滌不說。小時候的滌好像害怕，害怕把自己說出來。我沒有印象在高中以前跟滌有過什麼深入的談話。我們住在一起，但我對他生活的一切似乎都不了解。但滌也是這樣看待我的嗎？

他在說這段回憶的時候，我有一種虧欠的感覺。我從前好像從來沒有想要去了解或接近滌，是因為這樣所以滌現在變得那麼奇怪嗎？但我同時又覺得，這樣說起來所以你覺得你今天這樣都是別人的責任嗎？都是因為別人不了解你不關心你，所以你這樣嗎？

但我沒有說出來。應該不是這樣。我當時的感覺是混亂的。許多種東西夾雜在一起。跟滌說話還有一種奇妙的感覺，有一種「被滌接受了」的感覺。因為他不跟別人談話的，所以只要能夠跟他談話，意味著他接受你了。可是反過來想，是不是因為我接受了滌，我不去否定他那些在爸媽眼中看來怪異的行為，所以滌接受了我？

滌爸

回老家，爸爸會把房間讓出來給我。與其說是爸爸讓房間出來，不如說是媽媽要爸爸讓房間出來。家裡有三個房間，現在剛好爸爸、媽媽跟滌一人一間，我回高雄，就少一間。其實我可以跟爸爸睡一間，因為我跟爸都是屬於好睡的人，而媽媽淺眠，爸跟她睡同一間，她就很難睡。但媽就是執意要爸把房間讓給我，她擔心我睡不好，影響到隔天的工作。

但是爸跟她同個房間，媽又抱怨蚊子多，她說爸的體溫高會吸引蚊子來。然後兩個人半夜就在那邊打蚊子，還要很小聲很小心很技巧性的打，不能發出太大聲響，不然滌聽到了會生氣。所以隔天早上，我就會聽他們抱怨很難睡，整個晚上都在打蚊子。

我跟爸說，媽真的管很多耶，睡覺是我在睡覺，我覺得沒差就好。「我們兩個人一間，我們自己覺得好睡就好。」我說。爸說對呀，「我們自己覺得好睡就好，她管那麼多幹嘛？管到自己都生病了。」

這時候我跟爸感覺像是同陣營的，感覺突然距離拉近。果然，一起說別人的壞話可以拉近彼此距離。儘管我們嘴裡這樣唸，最後還是都接受老媽的安排。她就是自己覺得怎樣對你比較好，不接受她就放不下心。後來有一次，她人真的很不舒服，暈眩又發作，我跟爸說這次我們兩人睡一間，讓媽自己睡一間，她頭暈管不到那麼多了。

久違的我跟爸同個房間，兩個人就聊天。其實很久沒有跟爸爸聊天了，我說的聊天，是真的聊天，不是講兩句就沒有的那種。那天，不知道是哪起的頭，爸講到我們小時候，他去台南媽廟種菇的事。

這不是第一次聽爸爸說，但因為這次聊得比較久，講了比較多細節；加上我自己現在也住鄉下，多少對務農有一些概念，所以對爸爸種菇的時候到底在做什麼，比較有個了解。

爸說，那個時候他同梯的好兄弟阿光，找他一起投資種菇。「他出兩百萬，我們家出二十萬，然後他的表哥出技術，如果賺錢就三人均分。那當然好啊。」

聽到這個我心裡想，這樣好喔？哪裡好？如果真的賺錢然後均分，這樣不是占兄弟便宜嗎？而且有點奇怪，為什麼要投資那麼多錢啊？是種很大嗎？

但我那時沒多問，我知道爸只是想閒話家常，他想講就讓他講，我就當故事聽。「結果他那個表哥沒有生意頭腦，只會種不會想。我們種二十四寮，他二十二寮拿去種鮑魚菇，只有兩個寮種木耳。那個可以乾燥存放的種那麼少，不能放的種那麼多，最後攏害了了。」

我聽到這裡又想，說人家沒有生意頭腦，可是你不是合夥人嗎？不是一起去種菇了嗎？怎麼都講成是別人的責任呢？不過我沒有這樣講，我只是問，那你種多久？爸說大概一季吧，都沒有賺還倒貼二十萬，「我就跟我兄弟講說我不做了，我回來做我的老本行。」

聽到這裡我覺得很有趣，三人合夥，但爸完全不怪他的兄弟，只怪他兄弟的表哥。

「那年還碰到水災，整個菇寮都淹水，真的是虧很大。阿光出兩百萬耶。」

爸爸又提到錢，我終於忍不住問，你們是種多大？

「大概四分地吧。」爸說。

「四分地要花兩百萬！」我超驚訝，「你們投資了什麼？」爸說要蓋一個廠房啊，做太空包的設備啊，然後人工啊，「一個人工一個上午就要幾百，下午又要幾百。」這樣的人工很貴嗎？我沒概念，我不曉得三十多年前的物價跟薪資所得是怎樣，我問爸爸，那時候一個月起薪是多少？爸爸說，忘記了耶。我又問那你那時候都在做什麼？他說我是工頭啊。

講完種菇，接著他講回高雄做彩色沖印的事。「那時候我跟你媽就很努力存錢啊，很快就存到三十萬，然後我表哥找我投資屏東新開的第一家彩色沖印店，他讓我入股，我們就把三十萬投下去，結果沒幾年就賺錢，賺了七十萬。現在我們家的頭期款就是這樣來的。」

其實依照媽的個性，好不容易存到的三十萬，怎麼可能全部投資進去，萬一沒賺錢不就什麼都沒有？媽應該是不會這麼做，錢都是辛苦工作存來的，每個月的薪水只有兩、三萬，又要養兩個小孩，我們又不是什麼有錢有背景的人家。但我沒問，我繼續聽老爸講。

爸又講他跟老闆去國外開彩色沖印店的事。「在那邊開車好爽，都不用自己去加油保養，那些事讓當地的土著去做就可以了。」「有一次我開車不小心A到在我們公司店門口擺攤的攤販，結果門口警衛出來兇那個攤販，說怎麼在這邊擺攤害我們老闆A到你的攤子，結果那個攤販就自己摸摸鼻子把攤子推到旁邊……」

爸在講這個事的時候，我一邊聽一邊覺得很不好意思。爸爸是用什麼心情說這些話的呢？其實爸爸不是會仗勢欺人的人，我覺得他講那些事，只是想表現他曾經風光，很有地位很有面子，很有辦法。

所以我就只是靜靜的聽，聽他怎麼詮釋自己的故事。因為同樣的故事，爸爸跟媽媽說起來不一樣。

聽爸講話，我想著自己對爸爸的感覺。小時候的我是喜歡爸爸的，爸爸又愛笑又會陪我玩。那麼，從爸爸口中說出來的他自己呢？我對他的感覺是什麼呢？我看著現在倚著枕頭，一邊看電視一邊跟我聊天的這個爸爸，我看著他已經花白的頭髮，看著他說話的神情，想著這個老人到底怎麼看待自己的一輩子？想著他覺得自己認識他面前的這個女兒嗎？我想這些問題他可能沒有想過。

滌媽

「我不給弟做股票了。」

我坐在媽房間的地板上，她盯著電腦螢幕看盤。看了一會後，她拿下老花眼鏡，「我只是每天看一下狀況，不像你弟每天把股票當遊戲。」

「我不給你弟做股票了。他做那個當沖，有些股票他不可以碰，可是他就是要去碰……跟他說萬一漲停沖不掉，就要借券，他就是不聽，就是要去碰……跟你講這個你不懂吼？」

我說沒關係，你講，我聽。

「我已經給他很多次機會了，他就是要這樣玩。你知道那個借券根本就是高利貸，他上個禮拜那樣搞，一天虧一萬多喔，三天就輸掉五萬。三天輸五萬，我哪有辦法……」

「上個月也是，我給他的帳戶餘額只有二十萬，他就是要給你做超過，結果戶頭的錢不夠，我就要去補。大熱天的我還要走去銀行存錢，他自己都不處理。」

「所以我這次額度給他歸零。他就說我不給他機會。我哪有不給他機會，我給他好多次機會了，他還是一樣。每次我心軟又給他額度，沒多久他就又出事。我幹嘛給自己找罪受啊？在那邊提心吊膽他今天會不會又出事。我給他停掉，他就在那邊生氣，在那邊大吼大叫，說我不給他機會。」

媽一下子說了好多，她開始喘。她激動的時候就會喘。我說你慢慢講。「我們這樣講會不會太大聲？」媽一邊壓低音量，一邊起來看門有沒有關好。我移動位置，坐到床沿，看她那樣小心翼翼。

我說，我上個月 email 給你，你都沒回，打電話給你，你說你快死了，又不說到底是怎樣，所以又是滌給你搞事喔……

「我跟你講我真的是會死，你弟又給我出事，然後說戶頭要存十五萬進去，不然戶頭扣不到錢，就要違約。你叫我一下子去哪裡生十五萬？」

「結果你知道你弟說什麼嗎？他說十五萬我怎麼可能會沒有？我就跟他說我

就是沒有，不要以為你媽很有錢。錢都分配得好好的，很緊，你要我去哪裡給你生十五萬現金？他這樣弄，都不用自己負責，我就要幫他去生錢！」

「十五萬怎麼可能會沒有？」嗯，真的很像滌會講的話。他覺得媽就是存很多錢，怎麼可能會沒有十五萬？他大概無法理解媽為什麼說沒錢。而媽不能理解的大概是，怎麼會有人要錢要得那麼理所當然？

滌講那種話，聽在耳朵裡就是我活該欠你的嗎？但我可以理解滌的想法。滌的腦子想的是，現在事情既然已經發生了，就要去解決，我沒有錢，所以先跟你借，明天我的錢進來了就會還你，這有什麼好困難的？但他沒想到媽的錢都分配得好好的，哪個帳戶每個月固定要扣什麼什麼錢，哪個帳戶不能動，哪個帳戶是固定會有配息進來。能運用的錢，實在不多。

我是這樣理解滌，但媽不會懂。老實說我也不是很懂，因為滌似乎有兩個腦子，一個是理性的腦子，另一個是我也還不曉得該怎麼理解的腦子，那個腦子這一秒覺得親情的羈絆沒有必要，但下一秒又跟他媽說：「我是你的兒子。」

那後來呢？我問。

「我哪有可能真的讓他違約？違約很麻煩，要繳違約金，好像還要去關，而且會連累到愍漢。愍漢我有跟你講過嗎？」

「好像有，」我說，「銀行營業員是嗎？」

「對呀，錢沒有補齊，愍漢也會很傷腦筋，他那邊也會有紀錄的樣子。我就打電話給愍漢問他戶頭差額的事。愍漢算了一下，說沒有差十五萬啦，差六萬。只差六萬的話就還是幫他補一下，反正錢隔天就會進帳了。」

「進帳是進多少錢？」

「七萬吧！」

我聽了之後有點想笑。我搖搖頭，我說媽，你不覺得你們把時間花在這種事上，有點好笑嗎？錢在那邊進進出出的，其實只是數字在那邊上上下下，然後為這種事在那邊生氣。我真的有點難理解這樣的事，不過我也終於明白，所謂的調頭寸是什麼意思。

「這樣你弟其實是有賺一萬，可是就是很煩，他就是要做超過……」

媽好像沒有在聽我講。我看著媽，想著她對賺錢這件事的想法是什麼。以前曾經跟她討論過，她覺得我很奇怪，為什麼都不投資理財，為什麼討厭投資理財。

「我沒有討厭。我只是不去碰我不了解的東西。」

「那是因為你沒有碰才不了解。」

「好吧，我沒有興趣。每個人每天一樣那麼多時間，我想把時間花在我喜歡的事情。投資這種東西太複雜，我不可能全盤了解，我不可能知道我的錢去到哪裡，做了什麼事，是因為什麼原因所以賺錢，過程中會不會做了什麼我不認同的事情呢？那些都太複雜，而且我根本無從得知。我並不是討厭投資，我只是想要把時間花在我可以明白的事上。我對為了賺錢而去賺錢，沒有興趣。」

我這麼說的時候，心裡其實有點猶疑，因為我確實不那麼認同所謂的自由經濟市場那些運作的方式，但我又不想明白的反對。一方面是，我不清楚那些複雜的操作，我不會去反對我不清楚明白的東西，所以我只能說我不選擇。而另一面是，我不想在媽面前否定她的努力。

「你不知道錢會越來越薄嗎？現在錢存銀行等於沒有利息。你的錢要不是我幫你買基金，還不就在那邊像一灘死水。」

「我知道啊。可是，怎麼講，我不想投資理財，應該不是一件『錯』的事情吧？這是我的選擇。就像你覺得長期定期定額很好，這樣有收入讓你很安心，那很好啊，我沒有覺得不好。我是說如果是我，我不會主動去投資，因為我不知道那些賺來的錢是怎麼來的。」我想了一下，又說，「你想要幫我投資，我沒有什麼意見。因為那些錢本來就是要給你的，你覺得你用不上要幫我存，要幫我投資，我也是覺得，你替我們想很多。」

我心裡想，你替我們想太多了，就像替滌想得太多一樣。可是你的小孩，好像不見得領情。

每次跟媽聊到跟錢有關的事，媽就一邊抱怨，一邊擔心。現在這個家就是她在扛，她跟爸都已經退休了，滌不工作，而我的收入差不多夠我自己用。她說，你們都覺得媽媽好省，幹嘛那麼省，要不是我以前那麼省，要不是我有在投資理財規劃，我現在哪有錢可以養你弟跟你爸。

從前我在台北工作時還會拿錢回家，她都沒用，她幫我存，她用那筆錢做長期投資規劃，那樣做她是安心。我回高雄時，她就會拿簿子出來給我看，解釋給我聽，「像這支賺了三萬，我就把它贖回。現在帳面上虧的不用擔心，我們做定期定額的，你不要賣一直放著，有一天它就會反彈。」每次回家，她就打開簿子，像個銀行理專一樣，解釋給我聽，但這個理專最後總是會多一句，「跟你講這些，你都不懂吼？」

我搬去台東後，她的擔心又多了一份。她不理解為什麼要離開有固定收入的工作，「你去到台東到底是要做什麼，你有編輯的工作可以做嗎？你要跟阿斌去種田，種田哪有那麼簡單？我還不了解你嗎？你小時候就怕髒，哪有可能去田裡工作……」

「比較會為家裡想的人啊，就會想說家裡現在這樣，多少應該要幫忙家裡。我也沒有要你拿錢回來，就只是希望你收入穩定一點，為以後打算……」

後來我就很少回話，默默的聽著。我知道媽需要抱怨，需要洩壓，因為她的小孩老公，都不符她的期望。有時候她會說，不想講了，講了也沒有用，你又不聽。我說，我沒有辦法也不可能照你的期望去做，但我有在聽。

她一輩子認真工作努力賺錢，守著店守著錢，她的人生就是工作，沒有生活。前半輩子省來的錢給丈夫拿去輸掉，後半輩子省來的錢養一個不賺錢的兒子。她說人生實在是很無趣。

「人生實在很無趣。」我在心裡說，所以我怎麼可能像你一樣，把我自己的人生也賠進去？

「你一開始怎麼會想讓弟做股票啊？」

「我沒有要讓他做股票啊。我一開始是教他投資基金，而且是長期定期定額的，就像我幫你買的那些。這種定期定額的，你就是把它當理財，擺久了一定會賺。你看媽已經做十幾年了，要是我沒有這樣做，我跟你爸都退休了，你弟又不工作，你又不把賺錢當一回事……」

「怎麼又講到我，好啦我知道你很辛苦。」我趕緊把話題拉回來，「所以呢，我記得弟做股票也兩年了，你教他投資基金，他怎麼會去做股票？」

「你弟都在家，也不知道什麼時候才會去工作。我就想說，如果教他投資基金讓他有事做，好像也不錯。跟他講基金之後，他看一看，好像有一點興趣，他就自己跑去書店看跟股票有關的書，自己研究。然後就跟我說基金好無聊，股票比較有趣。」

「他一開始說想要做，我不給他做，他就自己在那邊模擬，假設他買哪一支然後賣掉可以賺多少錢，就在那邊模擬，然後跑來跟我講，說他今天又賺了多少多少，如果他有買的話……」

「他模擬會賺錢，所以你就給他做？」我心裡想，我實在無法不覺得這不是投機的事。

「我想說反正他也沒事，就給他試試看。沒有給他很多，就只是給他試試看，讓他有事做。二十萬沒有很多。」

二十萬？我想著如果月薪三萬，工作半年都還沒有二十萬，他一開口你就給他二十萬？有時候覺得，對投資的人來說，錢是不是只是數字而已？但有時候我看媽為了一斤水果省個幾塊，走到更遠一個路口的水果攤去買，這時候的錢又是紮紮實實的硬幣。

「他研究那個股票啊，很投入，什麼原理什麼線啊，那個我都看不懂。」媽說，滌剛開始做股票的時候，人變得很好相處，還會跟她討論哪一支股票哪一家公司什麼的，但後來滌越講越深，媽開始聽不太懂。儘管如此，偶爾他們還是會討論整個股市的現況。股票將原本不太說話的母子，連在一起。

「可是後來呀，他開始做空，做當沖，我心裡就開始上上下下。」媽解釋，那個不是不能做，也是有人這樣操作，「要說你弟厲害也是真的很厲害，他做十次有七次會贏。可是剩下那三次，明明就是不行了要趕快認賠，他就是放不掉，最後都倒輸。結果他七次賺的錢，都不夠他三次賠。」

我聽著媽講，覺得有點似曾相識的感覺。這不就是賭徒性格嗎？

滌姐

她回顧了前面寫的兩萬字。這兩萬字，有沒有媽不能接受的東西？

今天晚餐後，她跟媽去公園散步。吃飯是她與家人難得的交流時間，她想把時間再延長一點。都活到中年了，她才發現媽媽其實是能夠說話、討論事情的人。她跟媽聊到最近在帶的自學生，她說現在家長跟小孩的關係，和我們從前真是不一樣啊。她說「我們」的時候，用手指在自己和媽之間比畫了一下。

「你有印象我在讀書的時候，我是說我國高中的時候，你有跟我討論過什麼事情嗎？」

「討論過什麼事情……」媽一臉在想的表情，「那個年代就是那樣呀，都是家長幫小孩安排。我是沒有先跟你討論過，可是我都會先去問哪個老師比較好。」

她那樣問，其實沒有要責怪媽的意思。她只是想要回溯。

「可是如果你不想去，你可以跟我說你不想去。可是你都沒講，讓你去補英文、補數學，結果你都蹺課。」

聽到這裡，她笑出來，「所以你都知道喔？」

「不要以為媽媽都不知道。」媽繼續講，「不想上也不講，你可以講啊。你都去上個一次兩次，然後就不去了，也不講，浪費我的錢。」

她說，不是她故意不講。她沒想到可以講，她覺得就算講了也沒有用。

「你又沒講怎麼知道沒用？」

她想了一下。確實，她從沒想過可以跟媽講講看。但她回想國中的時候，她沒有那種可以跟媽媽討論事情的感覺。應該是說，她沒有印象她們有討論過任何事情，那麼，她又怎麼會想到她可以把不想去補習的事拿出來講？她想到的只有，不想補習不能讓媽媽知道。

但媽媽怎麼可能不知道？現在想覺得好笑，是把媽媽當笨蛋嗎？

「後來你自己說要上術科，結果也蹺課。」

她聽了之後馬上解釋，「這個我要講一下——之前你幫我安排的那些補習，我是不想上，可是那個畫室，是我說想要去畫室沒錯，而且一開始真的上得很開心，可是後來我發現連畫室都像補習班，只是為了考試而存在……」

「可是以前就是這樣啊，你想讀美術系就要通過術科考試，這就是遊戲規則。而且是你自己要去考的，結果連畫室你也蹺課。」

她們在公園散步，一邊走一邊講。媽看到一旁有椅子，媽說，坐下來講好了。

「你知道你最大的問題是什麼嗎？你都不講。」

她試著回想自己國高中時候的感覺。她承認，她當時確實沒有想到，可以把心裡的想法說出來讓媽媽知道。但如果是現在，她會講，她其實是喜歡跟人溝通的，她覺得溝通是一件很好的事。只是從前，她沒有想到媽媽是可以溝通的人。

「那時候我確實沒有想到可以講，可是你回想一下，」她對著坐在身邊的媽媽，看著她的臉說，「你回想你小時候，你還是學生的時候，那時候如果阿嬤幫你安排事情，你不喜歡，你會去跟阿嬤說你不想做嗎？」

說。

媽想了一下，「如果我不喜歡，我可能不會講。我會默默的把它做完。」媽說。

「你看，你不喜歡不想要，也是不會講啊。你選擇默默做完。我不喜歡不想要，我選擇逃開。所以我們都沒有讓自己的媽媽了解自己的想法。」她說。她說完這句，她心裡想得更深的是——所以我們都不覺得自己的媽媽會願意聽自己說話，我們都沒有給媽媽和自己機會。

她看著媽，媽似乎聽進去她說的話，她看媽的表情可以知道，媽有在聽。媽有在聽，但媽的嘴巴說，「可是你就是比較叛逆。」

「讀工業設計的時候也一樣，都休學了才來跟我說。要搬去台東也是一樣，都自己決定好了才講。」

「我以前確實都沒有說，可是那一次休學後，你的反應讓我覺得其實你是可以說的。台東的事情我沒有特別要瞞你，但可能說的時間點太晚了，你覺得我逼得你不得不接受。以後如果有什麼事，我會講……」

媽說以後，以後還會有什麼事？

其實她有一件事情放在心裡，還沒說。不是不說，是在找適當的時機說。

媽問以後還會有什麼事？她聽到這句話無法不戳進心裡。她坐在媽的旁邊，她在想，她要現在講嗎？她正在寫滌的事。

她想了一下，她想起跟出版社的編輯碰面，編輯問，「你的家人知道你在寫什麼嗎？」她說不知道，她還沒說，她還在想要怎麼說。

她在找一個適當的時機。但什麼是適當的時機？她不知道，她怎麼會知道什麼時候才是最適合的？她知道媽媽應該不會喜歡，會覺得煩，可能會覺得唉為什麼你要寫這個呢。

但同時她又想讓媽媽明白她為什麼寫。雖然寫究竟是為了什麼，她也還在想，還在感覺。但寫是這樣的，還沒寫完前無法清楚明白。現在清楚明白的只有自己不得不寫。

於是她說了。媽你知道我拿到寫作年金吧？可是你知道我在寫什麼嗎？

媽媽頓了一下，說不知道。

媽媽看著她，問你寫什麼。

媽媽在等。

她吸了一口氣，「我在寫滌的事。」她說。

說是寫滌的事。但寫著寫著好像是在寫媽媽的事。不知不覺寫了好多媽媽的事。有次有個朋友問她，你寫是因為你弟嗎？她點頭。但她現在想，好像是為了媽媽。

說是為了媽媽，也不正確。媽媽並沒有要求，並沒有希望她寫。說是為了媽媽是，她看到媽媽很辛苦，很痛苦。她仔細想，她發現自己對媽媽痛苦的感受度，比感受到滌的痛苦還要大。雖然她不知道，究竟是誰比較痛苦。

但是媽媽的痛苦讓她覺得，事情好像不能擺在那裡。雖然她完全不知道該怎麼做。問滌要不要去看醫生嗎？滌不會同意的。而且希望滌去看醫生，究竟是為了滌？還是為了媽媽？

當然這無法切開。但她知道她自己對媽媽的偏袒，比對滌多一些。但當她看到自己這一層想法的時候，她又覺得滌好孤單。

整個世界，說不定只有媽媽，跟滌在一起。而滌卻又是那樣對媽媽。

媽媽買晚餐給他，雞腿便當。滌說不好吃，太油，你不要買了。媽媽說你都沒吃肉沒吃菜都亂吃。滌說你買的都很難吃，不要買了。

跟媽媽聊天，聊到最後媽總是說，雖然滌這樣，但畢竟是弟弟，有一天媽媽走了，你這個當姐姐的，還是要照顧弟弟。

她聽著，她心裡想著，我不可能像你這樣照顧他。媽看著她的臉，看著她的表情，好像知道她這個女兒，不會符合自己的期望。她對媽說，你是媽媽，身為媽媽你不得不做那些，幫他買飯，幫他洗衣，做比不做容易。可是我是姐姐，我沒有你身為媽媽對小孩的那種情感。我也覺得滌很辛苦，但我不會因此為他做那些。

媽說我不是要你做那些，只是要你不要斷了聯繫。

每次回老家，從拉開大門的那一刻，就要小心開門的聲音。大門是很老的鐵門，拉太快會發出伊呀伊呀的聲音。她手提著行李，輕輕放落地，輕輕拉開鐵門，控制力道小心不能讓它撞到牆壁。拉開紗門的聲音，關上紗門的聲音。換上拖鞋後走路的聲音。晚上回到家，客廳是黑的，不好開燈，摸黑走到房間，要小心不要撞到家具。打開房間門，放下行李，握住喇叭鎖，往右旋轉，輕輕將門關上，再往左旋轉，小心不發出一點聲音。

這樣的小心翼翼，她不發出一點聲音。她是為了滌？還是為了媽媽？

滌媽

媽媽說，不喜歡。

媽說，所以也會寫到家裡人的事囉？

對，會寫到家裡人的事。

媽說，都寫了些什麼呢？

都寫。我說。

我說，但我不是故意要掀開這些。掀開本身並沒有意義。對我來說，在寫的過程中去發現什麼，那才是寫的意義。我不確定媽是否能夠明白，但我還是說。

「你怎麼知道你寫的，就是我呢？」媽突然問了這樣一個問題。我說，我寫的確實不一定是你，那是我認識的你。

「可是，讀的人會以為，瞇的媽媽就是那樣……」媽提起從前她讀我的部落格，寫到我跟她的爭執，是因為價值觀不同。媽說，你真的知道我的價值觀嗎？什麼是價值觀？你說來聽聽。

我知道媽不喜歡的是，別人覺得她很愛錢。「我哪有很愛錢？我如果很愛錢，我會讓你跟你弟這樣嗎？」她的意思是，我會讓你們就那樣任性的去做自己想做的事，不用拿錢回家？

「什麼是價值觀？你真的知道我的價值觀嗎？你真的了解我嗎？」

媽又說了一次，有一點激動。我可以理解她為什麼激動。我慢慢的說，「你要聽聽看嗎？你想知道我覺得你的價值觀是什麼嗎？」

好啊你講。媽媽一副「好啊你講，我來聽聽你講得對不對」的表情。

我說，你只是想要過安穩的日子。

媽聽到這句，似乎有點驚訝，驚訝我會這樣說。其實我也不知道媽是怎麼想像我的，她認為她的女兒是怎麼看待她的？她以為女兒把她想成是一個愛錢的人嗎？

我說，你只是想過安穩的日子，平平的，沒有什麼大浪。你覺得錢很重要，是因為一直有缺口，你努力賺了很多錢，又流出去；努力存了很多錢，又流出去。你沒有安全感。你並不真的需要很多很多錢，你只是想過平穩的日子。

所以當你知道我要搬到台東的時候，你那麼擔心跟生氣。你想到的是爸去媽廟種菇的那段日子。你覺得為什麼要搬去不熟悉的環境，做不熟悉的事？而且沒有計畫。你看不出我之後到底要怎麼為生。你覺得我很衝動，沒有思慮，沒有打算。你怕我失敗，怕我吃苦。

我試著想跟你解釋，我跟爸爸不一樣。爸是抱著賺錢的目的，而我沒有什麼目的。我不抱著任何目的，所以沒有失敗的問題。但這種說法或許你無法接受。

「怎麼可能不抱目的？你們搬去鄉下不就是想要務農為生？可是務農哪有那麼簡單？靠天吃飯的生活，那麼不穩定……」

所以怎麼說，我也只能說我明白你的擔心。

有一次我問你，你覺得我們哪裡像？我說的不是外表長相的那種像。我們長得很像，這個我知道。有一次我看到朋友幫我拍的照片，我覺得我好像看到了你。我們母女長得像，這無庸置疑。可是我們除了外表，哪裡像呢？

我這樣問是因為，你一定覺得我們除了長相，其他都不像。果然你說，「你跟媽媽一點都不像……」

你說，不要說價值觀，個性就不一樣。媽媽是很認命的人，你則是從小就很任性。你小時候遇到不喜歡的事，說不要就不要，個性很差，還會摔門。大概是嬸婆把你寵壞了。才沒幾歲，一不高興，就砰的摔門，把自己關在房間裡面。你小時候我確實對你也很兇，我想說怎麼有這麼難帶的孩子。

然後吃飯，不吃的食物，你不吃就是不吃，不吃就算了，還把吐出來的東西亂塞。塞在那個桌板往下折的那個折縫有沒有？真不知道你為什麼要塞在那裡，不吃吐掉就好了，塞在那裡，髒死了臭死了，難怪會被我教訓。

媽媽提到的這段往事，我自己回想起來也是覺得莫名其妙。是啊，食物不吃就不要吃，為什麼要偷偷亂塞？其實我也有那段記憶，我也在想為什麼會做那樣的事。後來我想起國中不想去補習都蹺課，這跟把不想吃的食物亂塞，好像有很類似的東西。

媽媽對我的期望，比對滌的期望高，因為滌小時候的表現普通，而我小時候則是大家眼中的好學生。其實這個，我在很小的時候，就感覺到了。你說我會摔門我沒有印象了，我對自己的印象是好孩子的樣子。還很小的我，見了人會問好，會甜甜的笑，大概是被你訓練出來的。現在回想，我在很小的時候，就知道媽媽喜歡什麼，不喜歡什麼，或者是說，我自己那樣去揣測。我知道媽媽一定討厭小孩子偏食，可是我就是不想吃蔥，所以我偷偷吐掉，偷偷亂塞。亂吐亂塞的背後，是不想要被媽媽發現，不想要破壞自己在媽媽心裡的好孩子形象。現在想，才在念幼稚園的孩子，就在想這樣的事。

小學的時候，大概四年級我就發現自己近視了。坐在教室前面數來第二排，還得瞇起眼睛才能看得清黑板。可是我不敢跟媽媽說，我怕媽媽說怎麼才四年級就近視。我就那樣瞇著眼睛，瞇著眼睛看黑板，看了三年。用力瞇眼看黑板的結果，我的度數從一百多度一下子飆升到四百度。國一的時候去驗光，才配了眼鏡。我覺得國一跟媽媽說近視，好像比較有道理，在那之前，我不敢說。

我並不是什麼都不敢跟媽媽說，但只要是影響到我好孩子好學生形象的，我就不說。那麼近視為什麼不敢說，因為近視代表自己不會照顧自己。那麼不想補習為什麼不說，因為好孩子應該都會乖乖聽話去補習。

媽媽說我叛逆，其實我是因為在意媽媽，才做那些莫名其妙的事。這樣說媽媽不曉得能不能接受，但是真的。從小我就明白自己的好孩子形象，如果做得到的話，我也想要去維持那個形象。

「你不想做的就不要，而我總是會認命。」媽媽說，這是我們兩人最大的不同。但是媽媽，你口中的不想做就不要，那像是我完全不關心不在乎你的感受。其實剛好相反，我一直都在意，可是我發現我無法真正的聽話。有一個我不想聽話，有一個我想；但不想聽話的我無法公開的說，所以我逃避，我做假。

還有一件事我沒有說出來過，國中的時候我還做假成績單。現在想來覺得有點不可思議，也覺得佩服自己。成績單要怎麼做假？我怎麼那麼厲害？但該不會媽早就發現了只是沒有說破？

但是成績單幹嘛要做假？國中成績不是不錯嗎？只有一年級是那樣。在還沒有少子化的明星國中，一個班有五十個人，一個年級有四十幾個班，一個年級就有兩千多人。兩千多人，兩千多人我的排名竟然在一百名以內，看到榜單的時候我也嚇到。但只有一次，第二次就沒了，不只沒有還天差地遠。很奇怪吧，退步了還不去努力，想到的竟然是做假成績單。所以你說我會逃避，也沒錯，這是真的。

但媽媽說我逃避，當下我是想反駁的。我說，那是因為從前沒機會討論，所以只好逃。我發現我只是不想要被媽媽認為是會逃走的人，但我確實是在逃，不喜歡的事我就會逃走。我對自己說，那是因為從前我找不到其他的方法，只好逃走，現在的我會去溝通。可是媽媽總是說，「你遇到不喜歡的事就不做。」意思好像是，不喜歡的事還是要做啊，哪有什麼好選。但是，不喜歡的事，為什麼不能不做呢？

我說，遇到不喜歡的事，為什麼不能說不要呢？

「不喜歡的事為什麼不能不做？不喜歡的事為什麼不能不做？」媽媽重複了兩次，像是跳針，「社會的現實不是你以為的那麼……」媽媽沒有接下去。或許媽媽找不到適當的形容詞，或許媽媽認為她的女兒怎麼那麼自以為是，以為自己可以抵抗世界。

「任性，也是要有任性的本錢。」媽最後好像妥協，「你可以說清楚自己要什麼，因為你知道自己要什麼。」媽說這話的時候好像哲學家。「我就不一定要做喜歡的事。我很容易妥協。」

本來在寫媽媽，寫著寫著又變成寫自己。

寫滌又變成寫媽媽。

可是，爸到哪裡去了？

那麼我跟媽媽，究竟哪裡像呢？媽說她想不太出來，從前我也想不出來。但後來我竟然從伴侶的眼睛，看到我身上的，媽媽的影子。

比如表情。

是表情喔，不是外表。

媽媽講話的時候，有時眼睛會向上飄，然後快速眨眼。時間很短，大概幾秒鐘就過去，但正在跟她講話的人，會發現。我以前就發現了，我不知道媽媽的眼睛為什麼可以眨得那麼快。後來有一次，斌對我說你眼睛眨好快喔，怎麼可以眨那麼快？我才發現我的眼睛原來會跟媽媽一樣。

好像是，有點緊張在想事情的時候，眼睛就會這樣。有一次上小孩的課，小孩連番的問題讓我反應不過來，當我意識到自己好像又快速眨眼的同時，小孩就說，廖賕你眼皮動好快喔。到底為什麼會這樣我也不知道。然後，媽媽講話激動的時候，嘴角旁的臉部肌肉，會不自主的抖動。我發現我也會，控制不了。

「你說『滿好吃的』那個口氣和表情，跟你媽一模一樣。你生氣的時候，鬧彆扭不想跟別人對話的狀態，跟你媽一樣。還有，因為身體不舒服，整個人就變得很悲觀，開始鑽牛角尖，事情都往不好的方向去想，跟你媽一樣。」斌說。

「你比較樂觀。」媽媽說，「我覺得你比較樂觀，不像我，事情都往不好的方向去想。」

媽媽，那是因為你沒看過我鑽牛角尖的樣子。

有時候我一鑽牛角尖啊，鑽到自己都不曉得有沒有辦法出來；鑽牛角尖的時候，只在意著自己在意的事。鑽牛角尖的人會說你不要管我，但看在旁人眼裡就很痛苦。鑽牛角尖的人沒有想到別人。我鑽的時候沒有想到斌，你鑽的時候沒有想到我。

當然，在牛角尖裡自然不會想到別人，不然就不叫鑽牛角尖了。我也是那種會鑽進去，把自己逼到角落的人，所以我可以理解你的心情。而你在鑽的時候，我在旁邊看你，所以我可以理解斌的心情。

還有，我發現我竟然也會在意時間。

有一次朋友跟我們約好，要來家裡拜訪，結果到達的時間一直延遲。我的個性是，計畫不是不能改變，但改變後要告知，這樣我才能安排我工作的時間。不確定究竟會搭哪一班火車，不確定究竟什麼時候到，我在家裡開始走來走去，看什麼都不順眼。斌問你怎麼啦。我說沒有。斌說就是有，有事你又不講。我說我不知道要怎麼講。斌說，你看你跟你媽一模一樣。

「你不是說如果跟你媽約五點吃飯，要是晚五分鐘，你媽就會生氣？你不是覺得你媽那樣很莫名其妙？可是你現在就跟你媽一樣。」

所以我明白了，我明白媽媽的狀態。明明是可以安排的事，為什麼不先安排好，讓別人在那邊等。有突發事件不是不可以，但大部分時候應該是可以安排。當然，那些安排好的時間，不是什麼大不了的事，所以從前我認為媽小題大作，現在我明白那個心情。

因為是小事，所以也不想去催別人，但自己就是會被影響，就會想，對方為什麼不先講好，在心底抱怨。但又覺得是小事有什麼好抱怨，然後臉就開始變，動作開始快，開始跟平常不一樣的走來走去。明明就是怪，就是有事，身邊的人問怎麼了，又不說，又說沒事，以為自己可以消化。這時身邊的人就很可憐，不能問也不能說，只能看著。

當我發現自己跟媽媽像的時候，我在想，那個像，是因為那個叫做遺傳的東西？還是在長大的過程中受到媽媽影響？我本來以為自己極少受媽媽影響。這樣講，好像我很不想受她影響似的。

也不是。

而是，我一直覺得自己很「獨立」。這個獨立，指的不是經濟生活獨立的那種獨立，而是從小，我就有一種「我就是這個樣子，跟爸爸媽媽沒有什麼太大關係」的感覺。這個意思並不是說我的生活都不依賴他們，都不受到他們影響，而是怎麼說，嗯，我覺得我的腦袋怎麼看待事情，我怎麼思考事情，跟他們怎麼看待怎麼思考，沒有太大的關係。

這或許又跟我在最前面說的，很像。我說我跟滌明明生活在同一個空間那樣多年，但我對滌是怎麼生活的似乎一無所知，我不知道他在想什麼；滌對我可能也是。我們生活在一起，但內在的東西沒有交流，沒有交流，真的就像是字面上的意思，我沒有東西流過去，他也沒有東西流過來。

而我與爸媽的關係，似乎也是如此。當然不是真的沒有關係沒有影響，而是在那一段那麼長的成長時間裡，我們生活在一起，但某部分的我像是獨自活著。

很多事情都是自己在想，很少有那種「我跟你講喔」的時候。我想小學時候可能有。有一段時間媽好像會煮晚餐，我會圍在她旁邊說話，說學校發生的事。但媽媽好像沒有太多的反應。現在想，我在說話的時候，媽媽可能在煩惱其他的事。

可能對媽來說也一樣吧。媽跟我們生活在一起，但某部分的她，像是獨自活著。

但當我年紀越來越大，我發現那個像的部分，慢慢跑出來。當我發現我跟媽媽像，我竟然有一種訝異。原來我們除了血緣上是母女外，我們還以另一種樣子連在一起，雖然我不曉得那是因為什麼，因為小時候的我從來沒有發現。

當我發現時，我才明白原來媽媽是這樣的心情啊，原來她那個時候的感覺是這樣呀。雖然我不知道，那個「像」的東西，從什麼時候開始就在裡面。

那麼，滌跟媽哪裡像呢？

我

媽說，滌兩個月沒有講話了，不知道還會不會講話。

媽說，這個月來他們比從前更抓著彼此的時間，一個出來，一個進去。時間掌握得剛剛好，沒有意外，也沒有衝突。媽說我不給他做股票就沒有意外，我落得清閒。可是他不做股票在房間裡都在幹嘛。你說，他都在做什麼？

某天大雨，我剛好走出房門，滌在陽台，我看著他穿好衣服鞋子走出去，沒有帶傘。

雨很大，滌沒有帶傘。但我不覺得特別也不奇怪。我想著滌出門了，那麼我可以用客廳嗎？冰箱裡有昨天帶回來的麵包，我想烤來吃。我把客廳的燈打開。客廳的燈不曉得多久沒有亮了。我站在客廳，正準備打開冰箱門，在客廳吃早餐。想著的時候，滌回來了。滌站在陽台靠近紗窗門邊，就那樣站著，不動。滌在等我。

滌在等我。於是我關燈，走回房間，輕輕關門。我跟滌也兩個月沒有說到話了，上個月回來沒有，這個月還沒有。我想著要怎麼開始。但我得先去吃早餐。滌在家，我不好用客廳，我去外邊吃完早餐，回來。

滌的房間門掩著，留了一條縫。我站在滌房間外邊，敲門，輕輕敲，注意著音量大小。我敲了一下，兩下；我猶豫了會，又加強力道。我從縫裡看他，滌看著電腦螢幕，戴著耳機，但從他的視線範圍，他應該知道我站在門邊。但他沒有轉頭，沒有反應，沒有示意我可以進去。他駝著背，眼睛專注在電腦螢幕上。

我想著要不要推開門進去。我站在門縫邊猶豫。我不確定滌是不想說話，還是真的沒有看到。有時我想，為什麼我要判斷那麼多呢？為什麼我要判斷那麼多才行動？

滌的房門掩著，留了一個縫。平常門是全開的，但開冷氣的時候，他會把房門掩上。但只是掩上，不是關上。媽說這樣冷氣不是都跑出來了嗎？滌說過一些道理，媽聽不懂。其實我也沒有很懂。滌開冷氣的時候會把窗戶打開，滌說空氣需要對流。我說這樣冷氣的效益不是會變差嗎？我小心的提問。滌說，我學冷凍的。

我想不要管了，直接推門進去不行嗎？但最後我沒有推門進去。我想著門也敲了，是他不想講話。我好像鬆了一口氣。滌沒有回應，那麼我又可以有自己的時間。

我又可以有自己的時間。可我又覺得，我做的實在太少了。但是滌的情況，我究竟能做什麼呢？一部分的我跟自己說，這是滌自己的選擇；但另一部分的我想著，這真的是滌自己的選擇嗎？

有沒有可能，他面前的選擇太少？

「一個人的決定完全出於己意，而與他所處的社會無關？一個人的性格，難道與他所遭遇到父母、親人、同儕的對待、冷落或排擠毫無干係？」昨天讀到黃致豪律師談論鄭捷的演講紀錄，裡面有這麼一段話。每次我看到那樣的社會新聞都會緊張。緊張什麼？緊張滌變成那樣的人？一個我跟自己說滌不可能變成那樣的人，另一個我跟自己說，每個人都有可能變成怪物。

有時我覺得自己很自私。我在想我是不是出於自私，才想去關心滌。如果滌這一輩子都在房間裡，不會出來變成怪物，那麼，我是不是就會放心，不用想著自己到底該不該去跟他說話？

「在房間裡是他自己的選擇。」「不要變成怪物就好了。」「不要去傷害別人就好了。」我這樣想著，然後一天度過一天，一年度過一年。

「不要發生事情就好了，這個世界有各式各樣的存在。」

我是不是在催眠自己？

滌曾經提過《心靈捕手》。其實他不只一次提過《心靈捕手》。他似乎對電影中麥特・戴蒙與羅賓・威廉斯的情誼非常羨慕。其實我不太確定能不能用羨慕這樣的詞來說。但我在想，滌是不是也渴望生命中有像羅賓・威廉斯那樣的人出現？

但滌排斥心理醫師，他認為心理醫師都像《心靈捕手》裡面那些醫生一樣蠢，除了羅賓・威廉斯那個角色之外。那些醫生在那邊點頭，在那邊自以為是。

滌不想把自己擺在那些人面前。但他又說過或許可以試試，看看那些人要什麼樣的把戲。我說，那麼你想去試試看嗎？看看那些人耍什麼樣的把戲？滌的眼睛亮了一下，然後又搖頭，「不需要，何必浪費時間。」

其實我也不知道去看心理醫師究竟有沒有「用」？會不會因此有新的可能出現？除了「現在這個樣子」之外的其他可能？可是我之前對身心科的印象是，開藥、開藥、開藥、開藥。睡不著，開藥；情緒不穩，開藥。那麼類似強迫症的症狀也是開藥嗎？對聲音對氣味的敏感也是開藥嗎？不想與人互動也是開藥嗎？如果只是把看起來不正常的症狀變為正常，這是滌想要的嗎？這是我想要的嗎？

當然我知道身心科與心理諮商，應該是不一樣的，是嗎？但是心理諮商對滌有用嗎？我覺得自己現在好像溺水，只要可以抓到一片浮板，只要跟我說那個有用，有用就好。

但是我想要的「有用」是什麼？是滌變得「正常」嗎？我覺得好像不是，我不認為人有權利去跟另一個人說你該如何活著，可是同時我又希望他可以正常，這樣媽媽爸爸都好過一點。我好矛盾。但我更在意的似乎是，我擔心我沒有注意到他在房間裡發出的訊號。我擔心連他自己都不知道自己有發出訊號。

滌究竟有沒有發出過訊號？我真的不確定。跟他談話的時候，覺得他腦袋很清楚，他知道自己的所有狀態，那些別人會定義為症狀的所有行為，他都清楚明白，他知道旁人是怎麼看的。那麼他是怎麼看待自己？他接受自己的狀態嗎？還是他也希望有新的可能？還是他覺得根本不需要做些什麼？可是他真的覺得好嗎？

我去找他說話，有時是不得不說。我記得有次說話的開頭，幾乎快要吵架。我說你最可憐你他媽的最委屈全世界都欠你我們都活該要受你的氣。講完之後我心臟一直狂跳，滌沒有表情的看著我，然後二話不說拿起外出的衣服準備套上。那時我心想今天的談話就到此了，我很少生氣但是今天生氣了。我站起來回到房間。關上門後，我想不行，這樣不行。

我想架都吵了，就去找他吵架好了。有架吵總比都不說話好。我抱著不知道要講什麼的心情，又去敲他房門。他已經從外面走回來，又在房間了。我敲了門就走進去，這次沒問他可不可以說話，我抱著就算他不講話，我也要把想講的話都講一講。

我說我是來找你吵架的。我口氣平和的說著這句話。我來是把想講的話都講一講。我說你這樣我真的不知道該怎麼辦，我都不知道要不要回家。講一講，講一講，我發現滌開始聽，然後他也開始講，講一講竟然我們就開始講了。

滌說你可以改行去當心理醫生了，你竟然可以讓我這個不想跟別人講話的人講話。我說，我根本不知道你想不想跟我講話，我只是覺得我要來找你講話而已。

滌說，他不知道他是怎麼從不想講話到想要講話，而且停不下來。他根本不知道這中間發生了什麼事。我說，我也不知道。滌說這兩個小時講的話，大概比他兩個月講的話還多。

講完的時候，我們彼此都覺得很爽快。好像可以用「爽快」這樣的詞來形容。雖然我不知道，下次這樣爽快的談話，會是多久以後。

滌說，如果心理醫生就只是聽他說話，我來聽他說話就好了。

只要聽他說話就可以了嗎？但是，要是像這幾個月這樣，我回家時總是沒有機會可以說上話……他已經兩個月沒有說話了。

羈絆。

昨天看談話性節目，黃致豪律師提到了羈絆。

黃律師提到的每個點都牽動我的神經。沒有朋友，人際關係疏離，沒有工作，沒有成就感。

黃律師說，只要那個人的身邊還有羈絆，那可能就會是阻止某個暴力行為或犯罪發生的東西。很可能只是有人陪他聊天聊一整個晚上，很有可能也不用聊，只要陪在他身邊就好。

我想我明白黃律師說的東西。

跟滌聊天時，我確定他是需要說話的。「跟你說話的時候，我好像就沒那麼在意那些味道了，好像就沒那麼在意那些聲音了。」滌說。可是滌又把自己關起來，不願意與人說話。

有一陣子，我認為不與人說話是滌的選擇。跟那些言不及義的人說話，不如不要說話。但是，曾經有一天，我自己在家裡，那天斌出遠門了，家裡只有我跟狗狗米古。我早上起來，給自己弄早餐，然後開始打掃家裡，接著打開電腦工作。不知不覺中午了，我又弄午餐。下午睡覺，傍晚帶米古去散步，去田裡看看。那天路上沒遇到認識的人。到了晚上，準備吃晚餐的時候，我突然發現今天都還沒有說話。電話也沒有響。

我張開嘴巴說話的時候，覺得聲音聽起來很不一樣。有一種「喔原來我的聲音是這樣子啊」的感受。有一次跟滌聊天，滌說，啊，好久沒有聽到自己的聲音了。

有時我會想，滌每天醒來，第一件想的事情是什麼呢？

有時我會想，一天不說話的感覺，兩天不說話的感覺，三天不說話的感覺。一個禮拜，兩個禮拜。一個月，兩個月。

為什麼我現在才開始想滌的感覺？我不是現在才開始想，我以前就想了，只是我沒有繼續想下去。我住在遠遠的這邊，滌跟爸媽住在遠遠的那邊。其實沒有很遠，三個多小時的車程。但這樣的距離就足以讓我忘記他們的生活。我在這邊生活的時候，我好像都忘記滌跟爸媽了。當然不是真的忘記。那種忘記是，他們一樣是那個樣子，但是我平常不會想起來。現在因為在寫這個東西，倒是常常想起來，常常想起來。

很奇怪，從前我北上讀書的時候，媽說，你就一副很想趕快離開家的樣子。我說我沒有很想要離開家，我沒有特別想要離開家。但是，我確實也沒有特別想要回家。我對家沒有什麼依戀，對家人沒有什麼牽掛。滌那時讀高職，成績很好，媽媽第一次發現原來滌可以這麼會讀書，從前都沒有發現。那時候一切看起來都很好。店裡生意很好，洗照片的機器從早上九點開機一直到晚上九點才關機。滌的成績很好，他輕輕鬆鬆就拿到第一名，這個第一名使他開心專注在學業。媽的心情很好，店裡生意好，滌的成績也好。就剩下我了。從前我的功課總是不令媽媽失望，卻讀了私立大學讀了一個她不曉得在做什麼的工業設計系。媽說，跟你說工設很苦你不聽，叫你重考你不聽。我上台北的時候爸媽也沒有跟我去。住在台北的大舅幫我打理了床墊跟棉被，我就搬進了四人一間的宿舍。我在台北讀書工作的那十多年，換了手指頭都數不完的居所，媽媽爸爸從來沒有上來看過，我也不特別需要他們上來。

羈絆。從前我與家人之間的羈絆，好像蜘蛛絲，細細的一條線，手指一碰就會斷。而滌也是。在滌還沒有把自己關在房間以前，他曾說過，他不想要羈絆。

我忘了滌是怎麼說的，但他確實說過他不想要羈絆。我想起來了，他說的是罣礙。他認為家人的感情是種罣礙，他不想要有罣礙。為什麼滌不想要有罣礙呢？

而我卻是沒有什麼罣礙。我不是不想要有罣礙，而是不曉得為什麼那掛在心頭上的東西，就是很少。我在想，如果滌不是現在這個樣子，我可能不會去想什麼羈絆，什麼罣礙，什麼聯繫。很有可能就是各過各的日子，只是名義上是父母姐弟。

「你不要給他買飯了。」我對媽說。你幫他買飯，他又嫌，這樣是何苦。但我現在想，如果連買飯這樣的事都沒有了，連那一點能夠表達關心的表現都沒有了，雖然滌總是不屑，那滌是不是連走出房門取食都不用了？

黃律師說，因為沒有聯繫，所以那些人沒有羈絆，沒有線牽著他們。沒有羈絆，什麼事情都可以去做了。我聽著的時候很想哭。

可是有時候，不是沒有羈絆啊。是不知道該怎麼做。不知道能做些什麼。不知道該做什麼才是好的。

我寫了臉書訊息，給從前因為工作認識的一位心理學教授。心理學教授，可以這樣稱呼他嗎？我不是很確定，只知道心理學是他的專業。但說是專業，老實說我並沒有什麼實質上的認識，我只知道他的學歷，他的背景。我不是因為讀過他在心理學上的著作，也不是因為他寫的心理學相關的文章，不是因為跟他談過話。就只是，因為知道心理學是他的專業。但這個「知道」，只是表面上的知道，知識上的知道，就像課本寫著太陽系有九顆行星，因為學歷上寫著心理學，我就那樣相信。

但我會寫訊息給他，也不是完全沒有根據。不是瞎抓一個人，不是每個信箱都去投遞。我記得從前做編輯工作向他邀稿的時候，他回覆的信件，以及寫的寓言，都令我感覺很想要跟這個人說話。雖然在現實上，我們似乎沒有真的好好聊過。但是，誰規定「好好聊」一定是面對面的聊呢？

「如果是這個人，應該會聽我說話吧？」我心裡這樣想著。但是，距離之前工作上的聯繫，也過了七年了。過了七年，突然去個訊息，突然劈哩啪啦把問題丟過去，是不是很唐突？而我要的究竟是什麼，我也還在想。我不確定我想問的是什麼。但我知道要有一個破口，要打開門，敲開一個洞，把原本的什麼打破。

不過，別人沒有義務要讀我的問題。於是我先寫了訊息請問，方便透過私訊請教嗎？

宋很快的回覆了訊息。他說，可以談談。

可以談談，可以談談。我覺得牆好像破了一個小洞，有光透進來。那麼，接下來該怎麼談呢？

滌的狀況很複雜，我不可能全部都寫，也不可能把寫了兩萬多字的東西，一下子丟給對方看。我想著要怎麼寫一段簡單、清楚的訊息。我問自己究竟是「因為什麼」，想找對方？

想著滌究竟是不是該找心理諮商，也想了一段時間，但是沒有頭緒。我想依照滌目前的狀況，應該不是找精神科？但老實說他們究竟是怎麼分科的，我也不確定。要找心理諮商師嗎？要去哪裡找？收費會不會很貴？而且重點是，滌根本不願意去。所以我在想，不然我自己先去好了，先去了解這個體系的運作，了解這個東西，究竟有沒有可能幫忙到滌。

但我要怎麼了解這個體系？我連去哪裡找適合的心理諮商師都不知道。啊，我知道我想請宋幫的忙是什麼了——我希望他能給我在心理諮商上的建議。我希望他能幫我切出一個方向，比如去哪裡找到適合的人？或者，他自己就可以跟我談？

結果，宋的回覆，出乎我意料。

他的回覆是這樣的——他認為我曾經在社會所的學習，比如深度訪談，那跟心理諮商已經是同一個家族的專業了，他建議我再複習一下曾經受過的訓練。他還推薦了兩本書，卡爾・羅哲斯的《成為一個人：一個治療者對心理治療的觀點》與席拉・邁可納米等的《翻轉與重建：心理治療與社會建構》，前一本是心理學上的經典，另一本是後現代的因應之道，他認為這兩本書應該能讓我變得很有概念。他說先讀讀看，如果有問題再找他吧。

這個訊息我看了兩遍。然後我想，啊，宋是不是把我誤認為他社會所的學生了？他誤會了，所以給了這樣的建議，但這個建議卻給了我另一道光——所以他認為，不用尋求對外的管道，我自己就可以成為心理諮商的那個角色？

我回訊息給宋。我說，你提到社會所的學習，指的是我嗎？我沒有讀過社會所耶。不過，我想我有的跟深度訪談類似的經驗，應該是採訪寫作吧。如果是採訪，那麼我是有經驗的，我還算會聽別人說話，也滿會問問題的。所以或許這個能力，可以幫到我自己？

宋又回覆了訊息。嗯，他誤以為我是他教過的社會所學生，但他的建議還是有效。他說，「自學的本事有時比體制性的教育，更能讓人學得自己所要的知識。」他說，如果我還有疑惑，他仍願意與我討論。

又是另一道光。自學！所以宋的意思是諮商可以不假外人之手？我鼓起勇氣問宋，那麼可以請你看看一段紀錄嗎？我把我跟滌的互動寫了下來，你會有興趣看看這段紀錄嗎？

宋說，請寄過來。

於是我整理了當天早上寫的一段紀錄給宋。過了一天，我得到了這樣的回應

> 心理治療這種事情，並不是目前的精神科／心理師制度可以充分代表的。你說的「講話」（對話）才是要點所在。看完你寫的，我很肯定滌不需要看精神科醫師。你們的講話，先不論長短，就是準準擊中了人心所要求的那種 regard（這字，不要翻成中文）。不論多少，剛剛好。

當我讀到這段話時，瞬間牆上的洞似乎更大了，光變得更強烈了，事物因此變得更加清晰。

宋說不要把 regard 翻成中文，但因為我不懂這個字，所以我還是去查了。把 regard 丟到 google 翻譯，它可以被翻成「看待」、「關心」、「注重」。看到這個我就明白了，我知道為什麼不好翻譯，這個很難解釋。我回想之前我寫的那些，與滌的互動，與滌的對話；我回想我跟滌說話時，我的心情；我回想我透過寫，去感受滌和我自己的感覺。如果心理諮商為的就是 regard，那麼我和滌中間發生的那些應該就是，只是我不知道，我不肯定。

然後我好像也突然明白了——如果一個人要的只是 regard，那麼親近者不是應該更能看待、關心與注重？為什麼人們要對外去尋求心理諮商？我似乎可以明白——就是因為親近，所以反而沒有辦法聽；就是因為親近，所以沒有辦法好好說。疏離有時是因為親近。就像媽媽與滌，一個沒辦法好好聽，一個沒辦法好好說。而我可以跟滌說話，滌可以跟我說話，很有可能是因為我們拉出了距離？

宋的話像是一把鑿子，他鑿開了另一面牆，讓我看見一件事物另一個角度的樣貌。原來我跟滌之間的空間與時間，恰好能為我們彼此的 regard，拉出一個機會？

我突然覺得不住在同一個屋簷下是好的。突然覺得一到兩個月說一次話是好的。突然覺得因為不與滌住在一起，我感受到的壓力比較小是好的。我不確定如果今天我跟滌住在一起，我會不會因為失去生活空間而感到滯悶，而沒有耐心，而不想對話。我久久回家一次，有時想著要對話都還要特別準備，更不要說如果我們住在一起，我是不是會失去想要對話的心？

但宋的話也讓我看見自己之前的迷思——我以為心理諮商是一門旁人無法觸及的專業。倒不是說我現在覺得心理諮商不需要專業，而是，心理諮商為的那個 regard，理應是親近者更能觸及，而親近者之所以無法，因為是親近者。因為這樣的矛盾，所以有了心理學的專業，讓一個陌生人去聽另一個陌生人說話，讓一個陌生人去貼近另一個陌生人，讓一個陌生人去令另一個陌生人感到自己被需要。但這些，假如親近者能夠觸及，就不需要假手心理學專業？但話說回來，就是因為親近者無法，所以才需要心理學專業？

這些全部都是我自己的詮釋，自己的推測。我好像在繞來繞去說話。但我想起宋從前給我的寓言，他在作者簡介上這麼寫著：「在所有的學歷中，他只承認自己是中學畢業，因為，自茲而後，所有的書都是自己讀的，所有的畫都是自己畫的……」

我突然知道自己為什麼想寫訊息給他了。我翻出之前他在專欄上寫的簡介，我記得當初讀到時的認同，雖然後來我已經忘了。但其實我並沒有忘，那個「自己就能為自己去探究」的心理，原來藏在我體內。我突然覺得有了新的希望。雖然滌根本就還在遙遠的那個房間裡。

為什麼宋這麼說，我就相信？

昨天我寫完那一大段，讀了宋的回應之後，想到的東西。我又想，為什麼宋說可以自己來，我就覺得可以自己來？為什麼之前我不覺得可以自己來？是因為宋是心理學專業嗎？如果今天是另一個人，比如隔壁種菜的阿嬤來跟我說，你可以為你自己諮商，你可以為你弟和你自己諮商，我會相信嗎？我會因為她的話而自我肯定嗎？

當然我知道，我相信宋說的，不是因為學歷上的頭銜，而是在互動中，那一來一往的文字，給我的信心。但我還是忍不住會想，所以我還是會因為專業說可以，我就覺得可以？那如果專業指了另一個方向，說，從明天早上你每天起床後都向東方膜拜，如此七七四十九天，你弟就會好……好了，我在亂講。

我昨天寫，「我突然覺得有了新的希望」，這個希望指的不是，我覺得滌就會好。雖然我還沒有開始讀宋推薦的書，但我想心理諮商應該不是為了要讓一個人變「好」吧？雖然我知道在我心裡，還是期待著某種的「好」，但我知道我不是因為那個「好」而去跟滌說話。

應該是這麼說——這幾天我與宋簡短的對談，他讓我更覺得心理諮商不該是指導性的。雖然，我一開始尋求他的協助時，隱隱約約期待他的指導，期待著某個方向。我必須承認我期待透過諮商，滌可能會慢慢變好。但我現在明白諮商不是為了「變好」，而是為了「了解」。

如果能夠一直對話下去，就算什麼都沒有改變（但有可能什麼都沒有改變嗎？）也足夠了。而我相信在對話的過程中，我原本存在著的那些擔心，也會因為對話而減少。這個對話不是單向為了滌，更是為了我自己。說到這裡，要說對話完全是沒有目的嗎？我覺得還是有的，是為了我自己。

我說「是為了我自己」，說的不是對話單純只為了我自己。對話是為了雙方，對話是為了對話，我知道。我說的為了我自己是，在聽的過程中，在說的過程中，我又了解了原本我不知道的自己。

但這可以說是「目的」嗎？目的好像是先設好了在那裡，然後往那裡走去。好吧，所以好像不能說「為了我自己」是「目的」，應該是「發現」。我本來以為我是去聽滌說話，我是去了解滌，但後來我因為滌，了解了自己。

有一回跟滌聊天，滌說，他赤腳走在自己覺得不乾淨的地板時，腳趾頭會忍不住往內捲。那時我坐在他的房間裡，靠著牆壁。「是喔？我也會耶！」我一聽他說完，馬上示範把腳趾頭往內捲，「這樣對不對？只要覺得走在不乾淨的地板上，腳趾頭就會這樣，捲起來。其實我整個腳掌都想往內捲，只是沒辦法。知道這樣做很沒意義，但是沒辦法。」

滌一臉驚訝。我知道他一臉驚訝是因為什麼。其實我也驚訝，我沒想到滌也是這樣。嗯應該是說，他那樣我其實並不驚訝，我驚訝的是，在這個動作上，我們竟然一樣。

我說，可是我可以赤腳走進田裡。草啊，蟲啊，濕濕的土壤，土跑進腳趾甲裡啊，這些我都ＯＫ，都沒有關係。但如果是赤腳走在室內的水泥地上，水泥地上有沙，有我踩起來覺得會黏在腳底板下的東西，我就會覺得不舒服，我的腳趾頭就會忍不住全部想向內捲……

就是想要縮小接觸到地板的面積對不對？滌說。

差不多是這樣的意思，但是這樣做很沒意義，因為還是會碰到，但我的腳就是無法自然的平放，無法自然的踩下去。有時去到朋友家，鄉下的房子室內地板多半是水泥地，我走進去，感覺有沙，但他們都赤腳，所以我也不好意思問拖鞋來穿。於是我的腳弓起來，但對自己這樣的動作感到很不好意思，我不想把腳弓起來，我怕朋友發現；可是我又無法不弓起來。

踩下去一點關係也沒有呀，我這樣跟自己說。有幾次我試著不管就踩下去，踩了幾步之後又弓起來，我感覺到砂粒或我不知道的細小東西黏在腳底。

之前我對滌的一些行為感到不理解。比如他必須要隔著衣服去拉開冰箱門，他手指頭拉起衣服的一角，然後隔著衣服握住冰箱拉門手把。或是按電梯按鈕時，他也會拉起衣服隔著衣服去按。但現在他不會這麼做了，現在他根本就不搭電梯。

旁人覺得「沒有關係」的感覺，我就是會不舒服。「有什麼關係？又不會怎樣！」我也知道踩下去不會怎樣，不會真的怎樣，但我就是會「感覺到」怎樣。媽有時會說，看滌那樣就覺得很好笑，又不會怎樣。我回想我看到滌用完浴室，一定要把水瓢擺在浴缸中並且手把與浴缸呈平行線，我也覺得有點好笑。但認真來講沒什麼好笑。滌為什麼會那樣我不知道，但沒有什麼好笑。

就像我也不知道我的腳為什麼會這樣。我也不知道究竟是什麼讓我跟滌，有不同程度的「怕髒」？我們從小時候就是這樣嗎？媽媽說，我小時候她要帶我去菜市場，我死都不去。她說我討厭踩在滑膩的地上。她帶我從這個路口走，我走到一半知道要去市場後就不走，她又繞路帶我從另一個路口走，走到一半我又發現要去市場，我又不走。

不是全然的怕髒，不是有潔癖，因為我不是會把家裡打掃到沒有灰塵的那種人，滌也不是。滌更不是。他喝完的酒瓶會堆在牆邊，穿過的衣服堆在牆邊。他自己，很少洗澡。他的腳底板總是黑黑的。所以，「喜歡乾淨」跟「討厭碰到什麼東西」，不是同一件事？好像不是同一件事。所以，我好像不能說滌「怕髒」？需要去挖為什麼我們會這樣嗎？我好像也不是因為覺得有必要所以去挖，所以去想。我只是忍不住想要去想。雖然許多事，沒有辦法找到所謂的因果。

但有些事彼此之間似乎有所關聯？在「討厭碰到什麼東西」這件事上，滌討厭赤腳踩在覺得有沙的地板上（泥地除外），滌討厭自己的手直接碰觸到會有其他人觸碰的物品（比如電燈開關、電梯按鈕、冰箱拉門、所有的門）。滌討厭遇到不預期會遇到的人。滌討厭別人「碰」到他。我在想，這十幾年滌曾經有過身體觸碰的對象，可能只有媽媽。

滌討厭突然的聲響，討厭從窗外飄進來的菸味。我回頭去看從前的紀錄，我在想，滌討厭的似乎是「無法控制」。他討厭事情沒有辦法掌控，包括自己。他會將一件事情的步驟全拆解好，全都想好，實際做的時候如果漏了一件事，他就生氣，再小的事也是。比如出門，他如果忘了什麼又折回來拿，他會覺得怎麼這麼一點小事都記不住。那麼，是不是為了降低自己出錯的機率，所以他盡量什麼也不做？什麼也不拿？他出門永遠兩手空空，不背不拿任何背包、袋子。所以他也不帶傘，因為帶傘就有將傘遺忘的可能？

那我呢？我是不是也討厭「無法控制」？這些事，我跟滌，我們這些行為，彼此有關聯嗎？

宋問我，寫作計畫的題目是什麼？

我說，「滌這個不正常的人」。

本來想要多解釋一下這個題目。但後來想，宋應該會懂。我要寫的這個不正常的人，其實一點都不奇怪。奇怪是因為不明白。

奇怪是什麼？

今天，我又變得很奇怪。我想可能是因為兩天沒有寫作進度。昨天去幫鄰居剪荔枝，今天則是幫斌剪荔枝。其實不能說是幫斌剪，因為斌要做荔枝酒，而酒之後我們都會喝，而且今天剪的荔枝也會寄回家去。可是因為我都是清晨寫作，沒有一定要，但我清晨的進度最好，早餐以前最好。我好不容易維持了一個禮拜，好不容易覺得自己進入了狀況。我感到焦慮。

我說，不是進度上的壓力，是我自己覺得失去節奏。斌說，那你幹嘛要來幫忙剪？我說因為我知道產量很大啊，我想要幫鄰居的忙，因為颱風就要來了。斌說那今天早上你可以不用幫我剪，那是我們自己要泡酒的。我說我知道啊，可是你跟信在外邊庭院，我不可能假裝你們不在，我會聽到你們講話，我知道你們在工作，我沒辦法在這樣的情況下，在房間裡坐在電腦前面寫。

我節奏一旦打壞，今天就一事無成，我就覺得自己一事無成，雖然今天根本還過不到一半。斌說，那你幹嘛遷怒？我突然很想哭。對，我就是在遷怒。可是我說，我有遷怒嗎？我剛做了什麼？

「問你話也不回答，就是變得很奇怪。」斌說。「最近太多人來我們家了。」我說。斌說有嗎？有很多人嗎？沒有很多，我心裡想，可是這樣我就沒有辦法做事了。

「晚上他們幾點會來？」我問。斌說晚餐後。我說，如果可以選的話，我不是很喜歡別人住我們家。我說得很小聲。斌說，那水管屋跟第二間書房，你希望他們睡哪一間？如果就是要住我們家的話。「水管屋。」我說。可是如果下雨，他們睡水管屋就不方便，去上廁所還要撐傘。斌說你先不要想那麼多，你先不要去幫別人想，你不要把自己想得太偉大。

「把自己想得太偉大，是什麼意思？」我問。

「就是覺得別人都沒有應變的能力，就是要幫別人想。」斌說。

斌說完後，我把這句話想了一下。我覺得，我不是幫別人想，也不是覺得自己比較偉大，我是不希望別人覺得我不會想。我不希望別人覺得我自私，只顧著寫自己的東西，只顧著需要有自己的空間。所以我去幫忙剪荔枝，這樣鄰居才不會說，隔壁那個小姐都只會待在家裡一直寫，雖然人家根本沒有這樣說。

我覺得應該要讓別人來家裡住，是因為我們也麻煩過人家，不好讓別人說我們不通情理。而且真的來的時候，我也歡迎。只是在那之前，我會焦慮。

「你可以不要管他們，你就做自己的事。」斌說。我說，人就在面前，我怎麼可能不管他們，做自己的事？

我覺得我很焦慮，我很想躲起來。我狀況不好的時候，不想讓人看到我狀況不好，而他們晚上就要來了。我不想被看到狀況不好，我又不想假裝笑臉。我想躲起來。我想逃避。

所以媽說我會逃避，是沒錯的。我在狀況不好的時候就想逃避。只是事大事小。

可是我現在又在寫了，我現在又好了。只要能開始寫，我就好了。剛剛在跟斌講話的時候，我一直想起滌。

我想起滌在房間裡，房門打開。我在客廳看電視，接著我聽到滌在房間裡大叫。我靠近，他又大叫，我不明白那是什麼意思。這件事我之前寫過了，其實滌就是遷怒，他覺得我在外面看電視影響到他，影響到他做股票，害他輸錢。

斌現在經過我旁邊，腳步小聲，快速經過，感覺是刻意。就像我經過滌房間要躡手躡腳。我不喜歡這樣的感覺。

原來我跟滌一樣，做不好的事就會遷怒別人。而滌可能也跟我一樣，覺得不該遷怒別人，覺得那是自己的問題，所以不能去說。所以我們就是遷怒了，但是我們不想要。所以我不說話。所以滌大叫。只是我社會化了，我有斌跟我一起；只是滌沒有社會化，沒有人跟他一起。

宋說：「世間沒有『沒問題』的處境。」宋這麼說，我也這麼想過。

以前曾經想，如果滌不是今天這樣，如果他……我是說如果他依照父母的期望考上了公職，或是他有了其他穩定的工作，那麼滌就不會有今天的問題。滌不會有今天這些問題，但會有其他的問題。

這樣寫好像是詭辯，問題當然無所不在。我好像可以想像媽媽說，來別的問題都好，如果可以解決今天這個問題。

昨天在跟斌講話時，我對斌說：「你是不是不喜歡我這樣，你是不是不希望我這樣？」我說的時候，是因為隱約覺得斌有一種「想要解決問題」的態度。想要解決問題，不好嗎？好像也不能說不好，想要解決問題的心，我也可以理解，多半是出於愛。可是當我聽到斌說「因為我們家空間太小了」，我心裡想，不是空間的問題啊。

但是斌很好，斌說，「所以要有自己的房間，吳爾芙說的。」其實斌對吳爾芙並不熟，他只是聽過這句話。「要有自己的房間，你就可以自己躲在裡面。自己的房間就是這樣的意思。」

我說可是，我也不可能在別人來家裡的時候，躲在房間裡寫東西呀？斌說為什麼不能？我說，不是房間的問題呀！

有一次，我在心理狀態不是很好的情況下，還是去上了課，還是把課上完，而且努力進入那個上課的狀態，沒有逃走。換作以前，我可能逃走了。但是一上完課，我整個人就鬆掉。那天斌來接我，我們去吃午餐的時候，斌說，看你這個樣子，早知道不要帶你來吃。我說，我什麼樣子？斌說，一副要吃不吃的樣子。早知道這樣，就帶你吃沒有味道的食物。

我說，所以呢，我現在就是吃不下，你要我打起精神開心的吃嗎？其實我忘了我當時到底怎麼說的，大概是這樣的意思，但好像又說得更直接更精準一點。我說，我不是故意要這個樣子。我知道旁邊的人看了會覺得難過，我也覺得你很可憐。可是，我沒有辦法因為這樣就對你笑。我有察覺到自己的狀態，我也希望不會太久。

「看你這個樣子。」這個樣子讓人感覺不好，你可以不要這樣嗎？貼心一點的想這句話的意思——你不要想那麼多，先好好吃飯。我想斌應該是後者，我想斌的意思應該是，什麼事都不比當下好好吃飯來得重要。我也不反對這一點，如果我可以做到的話。

問題者對於自己本身的問題，是清楚的，我是說我。當然我說的清楚不是指一直都很清楚，當下不一定清楚，好像也說不出為什麼會這樣，但如果可以繼續想下去，多半能慢慢清楚。那個引發衝突的點，比如「我這個樣子」，並不是我把我這個樣子改掉就可以了。把這個樣子拿掉，把令人不舒服拿掉，把不禮貌拿掉。

爸總是說，滌對爸爸，很沒禮貌。

昨天斌讓我感覺他想要「解決問題」。當下我覺得我被當作一個問題，是不舒服的；被當作一個需要被解決的問題，是不舒服的。雖然，我也不喜歡自己那樣的狀態。但問題不是要被解決的，我的狀態不是要被解決的，我不是要被解決的。

我在心裡說，我需要的是理解。我對我自己的理解，你對我的理解。當然不是理解之後，問題就不存在。理解之後，問題可能依舊存在，但也很可能就不存在了。應該是說，事件可能依舊存在，但問題不存在了。事件依舊在那裡，但我不把它當作問題了。那麼事件真的都沒有改變嗎？我相信沒有東西會不受影響的一直在那裡。

但這不是一句「改變心態」那麼簡單。

不是，那我就不要在意就好了；不是，你不要在意就好了；也不是，改變什麼現實條件就可以。當然，某些時候現實條件的改變，確實會影響到事件，但那不是問題的核心。比如我現在與斌的居所，房間與房間之間沒有門，生活在同一個空間，需要安靜時確實會互相影響。但是不是有門問題就會解決呢？是不是空間夠大問題就會解決呢？問題是真正的問題不是空間。

滌說我們家的位置不好，鄰近十字路口，又吵，油煙又多。但是搬家就能解決問題嗎？搬家可能可以解決噪音跟油煙的問題，但真正的問題會不會以另外一個樣子再出現？

爸覺得滌沒有禮貌。那麼，只要滌有禮貌，問題就解決了嗎？滌不禮貌的原因呢？嗯，可能不該問「不禮貌的原因」，而是要問「滌為什麼這樣對待爸爸」？然後，知道原因之後就能「解決」嗎？人們常說，問題背後的問題，事件背後的原因。人們說這句話的時候，運用這句話的時機，還是意在「解決」問題，而不只是「理解」問題——人們是為了解決而去理解。

為了解決而去理解，這樣不對嗎？

這很難說，這好像只有一線之隔。我究竟是把對方當作一個「有問題」的人去接受？還是把對方當作「一個人」去接受？我希望對方把我當作一個「有問題」的人去接受？還是希望對方把我當作「一個人」去接受？

讀羅哲斯的東西對我來說有極大的幫助。真的，我很少有這樣充滿正向能量的時候。但也有可能是我還沒有跟滌說到話。最近這段時間，我還沒能回到老家，還沒能跟滌說到話。而我發現，我竟然掛記著這件事，我發現當我正視自己與滌的關係後，有些東西悄悄的在改變。

這是我之前沒有預想到的。

有一段時間我非常消極，我認為滌就是那個樣子了。我說「就是那個樣子」，沒有批評的意思，而是我看不出有什麼可能變化的契機。有時候我覺得，我好像可以全然接受滌現在的樣子，但並不是。內在的我其實渴望改變，但同時又覺得沒有可能改變。

但我最近竟然相信改變的可能。我想著是為什麼。

昨天讀到一段東西非常有趣，它幾乎顛覆了我對心理諮商原有的概念。不曉得為什麼，我一直有心理諮商師「不能介入案主生活」這樣的印象。不曉得我這個觀念是從哪裡來的，但就是有這樣的印象，甚至我也認同這樣的觀念。「案主的狀況太複雜了，諮商師一旦以『個人』的角色進入了案主的生活，那麼有很多東西會混雜在一起，有許多關係會無法釐清，這無助於案主。」原本我這麼想著。

但昨天讀到的研究結果，恰好跟我以為的觀念相反。我不在這裡詳述這個研究內容，想了解的人可以去讀《成為一個人》第五四—五五頁。羅哲斯分析了某個研究結果，他發現那些治療者所陳述的，他們和案主的互動關係中所要達成的目標都是與個人無關的。在治療的過程中，他們強調「治療者要在人之常情的範圍內盡可能不讓他自己的人格侵入。」「治療者強調自身在治療活動中的匿名性，也就是說，他必須刻意避免以自己的個性特徵去影響病人。」而他認為這恰好就是該次治療失敗的線索。

羅哲斯說：「壓制了自己之為一個人的特徵，也把別人視為一個物體來對待，這樣做而想要對人有益，其可能性真是微乎其微。」

我想羅哲斯想說的是「關係」。

我前面說，羅哲斯的東西對我來說有極大的幫助。寫這句話的時候，我又想到，但如果是我自己去讀到這本書呢？如果在讀之前我沒有跟宋有過書信對談呢？如果宋只是將我視為一個求助的對象，而不是一個朋友，一個人，那麼，我會有現在這樣的改變嗎？

計畫。

我因為開始這個書寫計畫，而與宋有了書信對話。這不在計畫之內。

因為與宋的書信對話，我開始讀《成為一個人》。這不在計畫之內。

現在我在心裡，似乎更能去面對我跟滌之間的關係。剛開始我只是想記錄，而在書寫後，我似乎多了一些能力，去面對一些從前想要擺在一邊的東西。

這些都是無從計畫的。不論是這個書寫計畫，或是我現在心裡所知道的那些東西——我對滌的看法，或是我與母親的相處，甚至是對父親——這些，現在都正在變化。在我與宋往來的書信對話中，在我開始讀《成為一個人》之後，我發現羅哲斯所提出的各種觀念與想法，都恰恰回應了我現在的問題與需要。

要說這本書出現的恰是時機嗎？好像可以這麼說，但也未必。我想是因為我「做了什麼」。

但我卻不是因為預測到現在的變化，所以去做什麼。做之前我無法知道未來會有什麼變化，我也不是因為期待現在的變化而去做，甚至我認為可能無法變化——有一段時間我覺得滌很有可能就這樣下去了，我覺得滌很有可能一輩子就在房間裡了，我覺得，時間好像停在那個房間裡。

但現在我卻相信變化的可能。至少，在我自己身上。

與宋書信來往後，我還沒跟滌說到話，我還沒能安排時間回老家。但我可以感覺到自己現在竟然想要去跟滌說話，這就是羅哲斯說的「了解欲」嗎？之前我害怕自己生氣，我害怕吵架之後線就斷了。我覺得自己的心態——我可以感受到自己不想去跟滌說話的心態，這樣的心態真的可以嗎？我不喜歡自己這樣，但真實就是這樣。但我又知道自己不是討厭跟滌說話。我不是討厭跟滌說話，我是不想、我是害怕。我是逃避。

但是所有的心理書籍都在說「接納」。接納，接納——其實我很少去讀那些書，我也沒有跟心理諮商師聊過，但是我有這麼一個印象。人要能「傾聽」，要能「無條件的接納」。可是「無條件的接納」是什麼意思？

「無條件的接納」是別人給我什麼我都要收下嗎？我不喜歡也要叫自己收下？接納是這樣嗎？就算別人給你一樣你討厭的東西，光是擺在你手上你就能感覺到手心的不舒服，在這樣的情況下還要收下？如果接納是這種接納，那麼接納無疑是一種假裝。如果心理諮商所謂的接納是這一種接納，難怪滌不會想要去跟他們對話。

當然我知道接納應該不是這一種接納。可是如果不是這樣，那是什麼樣？某些話某些詞語被用到俗濫之後，就無法明白那個詞那個行為真正的意義。

直到我聽到羅哲斯說——

如果實際上我在生氣而且滿懷批評之意，那麼，刻意表現很平靜或很愉快，就毫無用處。……如果有些時候我懷著敵意，但卻要表現得像個充滿關愛的人，那是沒用的。……如果我覺得不舒服，卻要裝得沒事的樣子，那也一樣沒有什麼好處。

所以生氣是可以的？讓對方感覺到自己的怒意是可以的？我不想對話也是可以的？

我發現：在我能夠很接納地聽我自己，做我自己的時候，我才是個比較有效的治療者。我覺得，這許多年來，我才充分學會聆聽自己，我也因此比以往更能充分地知曉我在任何時刻真正的感覺——我能明瞭我真的在生氣，或真的在拒絕一個人；或者我能感覺我對一個人是否有足夠的溫暖和關愛；或者我是否對眼前發生的事情感到厭煩、沒趣；或者我是否急切想了解這個人，或者我是否在和這個人的關係中感到慌亂和害怕。這些各式各樣的態度乃是我可以從我自己這兒聽出來的。我還可以這麼說：我因此變得更能完全地讓我做我自己。我也因此變得更容易接納自己之為一個絕不完善的人，而這個人並不是永遠都能夠運作自如的。

所以，我可以感覺到害怕？這個害怕並不會讓我失去對話的能力？正視自己的狀態，反而能讓我繼續與對方對話？

所以接納不是要毫無情緒的接受所有的東西？「無條件的接納」說的不是要自己沒有感覺，或掩蔽感覺；無條件的接納說的是，願意直視自己或他人，那些好的壞的，包括批評對方的聲音？批評自己的聲音？

無條件的意思是：我沒有要求你變成什麼樣子？我也沒有要求自己要變成什麼樣子？無條件的意思是，我要能接納我自己本來的樣子？這樣我就有能力去接納另一個人本來的樣子？

聽起來很有道理，甚至太有道理了。但是，接納「本來的自己」這件事，有那麼容易嗎？

我覺得好難。然後我再去想，當我想得更裡面之後，我好像明白了羅哲斯說的「無條件的接納」——那不是一個「目標」要去達到。那是他經歷了那些之後，他發現原來是這麼回事；他不是在告訴我「你要這樣」，而是在告訴我「我是這樣的，你也可以試著了解看看，無條件的接納，是怎麼回事」。

「權威式的教導方法，很可能是錯誤的。」羅哲斯在書裡提到了這樣的想法。讀到這個時，我明白了宋為什麼要我先去讀羅哲斯的書，因為羅哲斯對於心理諮商的看法與他的做法，可以說是自學而來的。更重要的是，羅哲斯認為心理諮商中的「對話」，不僅存在治療者與案主中間，也存在父母與小孩之間、老師與學生之間，主管與員工之間，其實就是人與人之間。

這是我後來才完全明瞭的——真正曉得什麼叫傷害、該往何處去、哪部分的問題最重要、哪些經驗被深深掩埋等等，而真正曉得這些的，是案主本人。在那之後，我才開始想：除非是因為我需要展現我的聰明和學養，否則，信賴案主讓他走向他要的方向，這樣的結果會使輔導的過程和進行變得更好些。

這段話現在讀起來非常有「道理」，但在我讀到它之前，我無法這樣肯定。我真的相信滌自己會知道，他想怎麼走該怎麼走嗎？

接著我又讀到羅哲斯說：「我越是真誠，便越有幫助。」「最好能知道什麼時候我會有想要塑造別人、操縱別人的欲望，並接納那就是我自己一部分的真相。」

所以羅哲斯說的「信賴」，並不是一開始就能「信賴」，不是「我覺得我該信賴他，可是我覺得我好像不能全然的信賴他，可是我該信賴他……」信賴不是一種催眠。羅哲斯說的「信賴」是漸漸的，「對話」與「關係」是慢慢建立起來的，是來來回回的，是前前後後的；並不是我這麼想著，我就能馬上做到的。

我越是能夠向我自己以及他人內在的真實而展開時，我越發現自己不會急忙地想鑽進「固守的據點」中。當我試圖聆聽我自己正在經歷的體驗時，或當我越是能夠把這同樣的聆聽態度延伸到另一人身上時，我越是尊重我所感受到的這種生命之複雜的過程。所以我越來越不願急急忙忙衝進那個固守的據點——去確定目標，去塑造別人，去操縱或催促別人走上我要他們走的道路……

羅哲斯說的這些東西，在接下來我所書寫的內容中，我不斷看到自己心態上來來回回的變化——在與滌講話的時候，有時我能全然的相信他；跟媽媽說話的時候，我又猶疑，甚至往反方向走。滌所提出的想法，我有時很能接受，有時質疑。但我發現我對滌與對爸媽，有個最大的差異點：為什麼我只把滌當作「對話」的對象？我應該也與媽「對話」，應該也與爸「對話」；為什麼我能夠靜下心去細細感受滌說的話與他的內心世界，而無法如此同等對待媽媽與爸爸？

滌

這次我只敲了三聲門，就推門進去。

滌本來背對我，後來側身。他瞥見我走進來，臉部有個細微的「欸你進來了」的表情。我說，我可以進來嗎？我不知道敲門你聽不聽得到，我想說我直接進來。

我說，「我想找你聊天。」

滌的頭微微歪向一邊，點一下頭，露出「好啊來聊呀」的表情。

「我剛敲門你有聽到嗎？我上次回來就想找你聊天。可是我上次敲門，你沒有反應，我不確定你是沒有聽見還是……」我沒有說下去，我沒有說出你是不是不想跟我說話。

「我現在這樣呀……」滌說，他把耳機拿下來，又把塞在耳朵裡的衛生紙挖出來，「我這樣啊，你剛那個叩叩叩，我在想是樓下嗎？還是樓上？我根本不知道聲音從哪裡來。後來想一想這個時間，我就往門的方向看，就看到你。」

「我塞著衛生紙又戴耳機，可是那種突然的叩叩叩，我還是會被嚇到。」滌說。但滌沒有露出生氣的樣子。

我說，那有什麼方法可以讓你知道我想進來，又不會嚇到你呢？滌搖搖頭，很難，沒關係啦，你就敲吧，就進來吧。過了一會他說，不然用氣音好了，「嘿……嘿……」他在嘿的時候，我笑了出來，「什麼嘿……嘿……這樣才會嚇到人吧。」

「不然這樣好了，我從門縫丟一顆球滾進去，這樣你就知道我來了。」我說。滌竟然非常買單，「好啊，球滾過來我一定會去玩。」

我知道滌喜歡貓，也喜歡狗。滌喜歡小動物。滌某部分的心，其實非常柔軟。我一樣坐在平常靠牆的一個角落。我說，我想到一件事，可是細節想不太起來，我想要問你，看你是不是記得比較清楚。

我才說我細節想不起來，滌就說，要運動啦。我說對呀我都沒有運動，我變胖了。滌盯著我打量了一下，還好，一點點，看不太出來，而且胖是相對的。我說我知道我沒有運動，但是我越來越懶了，我都懶得動。滌說養成習慣就好了，他現在一天沒有跑步，就覺得不舒服，不是心理不舒服，是身體真的會不舒服。

跟滌說話就是這樣，本來要講什麼，結果扯到另一個什麼，就往另一個什麼那邊講下去。我說，年紀大了啦，新陳代謝變差，以前都不用運動也不會胖，年輕的時候根本不知道腹部的肉腰部的肉是什麼東西。滌說對呀我也是，真的有差。滌竟然也附和著說。現在我們的談話就像一般的閒話家常。

但我想話題拉得太遠了。我說，我是想要問你，你還記不記得一件事。

「以前我自己辦退學的時候，後來我去重考，可是考得不好。我一直瞞著，後來瞞不住了，有天媽媽打我call機，她一直打，我看著call機的號碼不敢回電話。我很緊張，知道瞞不住了。我打電話回家要講這件事，結果是你接的。我覺得鬆了一口氣，不用馬上直接面對。」

「我跟你說我不敢跟媽媽說，你能不能幫我跟媽媽說。我記不太清楚你當初是怎麼講的，我很想要想起來。我的印象是你說沒關係，我來跟媽媽講。你是這樣講的嗎？」

滌看著我，又看看天花板，又看看窗外，轉頭又看我，又看天花板。「我實在不是很想這樣講⋯⋯」滌說，「我忘記了。」

我非常驚訝。忘記了？忘記是什麼意思？你忘記你講了什麼話？還是你忘記有這麼一件事？

滌說，他不記得他跟我說過的話，也不記得有這麼一件事。

我太驚訝了。

我說我好驚訝。我想說你一定會記得，你會記得我們當初說了什麼，我是抱著這樣的心情來找你幫我喚回記憶。我沒有想到，是真正意義上的沒有想到。

但滌的表情卻不像他之前忘記事情那樣懊惱。

「這事有解套。因為那時候我還沒有開始在意。」滌說。

還沒有開始在意是什麼意思？我問。「還沒有開始在意就是還沒有開始在意。還不會在意很多事情。所以自然也就不會記得很多事情。」滌說。

聽到滌這樣說，我有兩種心情——所以，那個時候的滌還很「正常」？可是，對我來說這件很重要的事，他忘記了，甚至沒有印象？

滌說，你再多說一點。

我說，就是我剛剛說的那樣啊。我記得那件事，但我忘了實際上你到底是怎麼說的，所以我來問你。

滌坐在床沿，用手抱住頭。過了一會，他說有有有。

「好像有這麼一件事，我想起來了。」滌說。但滌沒有說得更多。

「不行，我到底說了什麼，我真的沒有印象。」滌說，「不過，如果是現在再問我一次，我一樣會說沒關係。」

想問滌說了什麼，其實是想要聊那件事。因為那是我印象中最貼近滌的時刻。在我不得不去面對我很想要逃避的事件時，滌伸出了手。那是第一次。儘管滌說他當時會說那樣的話，是因為不在狀況內，「我不在狀況內，所以可以很輕易的說出『沒關係』。」

但重點不是有沒有關係，而是當時那句話，讓我覺得我沒有被拋出去。我不曉得滌能不能明白這種心情。

我又問，你說你那時候不在意，那你是什麼時候開始在意的？滌說，換你放槍了。「放槍？」我說，我問過了嗎？滌點頭。

嗯，我依稀有印象。是你大學的時候嗎？有一次你在樓梯口遇到一個搬床鋪的人？你無法與他錯身而過，你背貼著牆壁，面對著他等他經過。是這件事嗎？我說。

滌點頭。我心裡想，這件事我沒有寫下來，沒有寫下來的事，我真的很容易忘記。我又問，那時候是幾歲？

「二十三歲。」滌加重語氣強調了一次。

這樣聽起來，滌變成「這個樣子」，似乎有一個分界點。但從以前的談話來想，似乎又沒有明顯的分界點。

如果從滌的說法做推測，可以這麼說——一個是明顯的外部變化，從他自己說的二十三歲那個無法與人錯身而過開始。但為什麼是從那個事件開始？這樣就要更往前面拉，不是從那個事件才「開始」，而是從好早好早以前就隱藏在內。

啊，不對，我想起了另一件事。我記得滌說，似乎也是在二十三歲，有天他聽到一個很大的「砰」。很大的「砰」，他說他再也不要忍受了。

那個「砰」並不是他遇到的第一個「砰」，而是第幾千幾百個「砰」。那個「砰」特別令他無法忍受？不是，是他再也不要忍受了。他想著人類的腦子是拿來用的，拜託你們用用腦子好嗎？為什麼做事都這樣漫不經心？為什麼要忘記事情？為什麼要不小心？為什麼替自己的愚蠢找藉口？

到底是哪一件事？可是到底是哪一件事重要嗎？可以正確的找出那一件事

嗎？有所謂的正確的影響了滌之後行為的那件事嗎？這樣的事可能存在嗎？我什麼時候跟滌一樣開始追求所謂的「正確」？

滌主動說起媽不給他玩股票的事。我雖然也很想知道他的想法，但我不敢提。我怕聊起這件事之後，他會再去跟媽要求。

不是覺得他不能再去跟媽要求。雖然我對做股票有我自己的看法，但我會把這件事拆開來看。我不會去做股票，但如果你今天想做，這件事對你來說很重要，那麼你就該努力讓媽了解你的想法。反過來說媽也要努力讓你了解，她為什麼不想讓你再做股票。理想性的來想，兩邊應該都要努力尋求對方的理解。可是坦白說現實上這種事情是超難的，不然就不會有所謂的誤會與隔閡這種東西。

以上都是我的ＯＳ。我沒有說出來給滌聽。我想著滌那麼剛好主動說起，我也想知道他是怎麼想的。

滌說，如果只玩二十一點就沒有問題，但跑去玩吃角子老虎就不行。玩二十一點可以算，吃角子老虎是機台在算，那個怎麼都玩不贏。可是有時候，二十一點的局還沒開，手上又有籌碼，看到吃角子老虎，就想說試試運氣。結果輸了又不服輸，又再下注。

「這不是智商問題，是心理素質。」滌說。

滌接著說，在那邊只等進場就沒問題。可是有時候在那邊等，原本設定的一直沒有出現，就會開始亂晃亂看。結果買錯了又不服輸。可能跟喝酒也有關，還有肚子餓。這些都會影響判斷。

我聽了一會，才聽懂滌是把玩股票比喻成進賭場。「所以你的意思是心理素質不好的人，不要玩股票嗎？」

「不是，我是說不能玩吃角子老虎。」滌一臉我講錯的表情。「賭場不能用計算的，但股票可以。我只要注意不要去碰那個不能碰的就好了。」

「只要設定好額度，然後我只要在九點到十點之間買。如果九點到十點之間沒有出現可以買的，當天就不要買。這樣就不會有問題了。不會在那邊等，等到肚子餓，肚子餓心情被影響，然後又影響判斷。」

聽起來很完美。我說，可是，你剛剛說會輸不是因為智商，是因為心理素質。你難道就不會因為心理素質的因素，等不到想買的股票，就跑去買不能買的股票？

所以才要限定額度啊，滌說，然後規定自己在固定的時間進場。其實通常能買的多半會在九點到十點這段時間出現，之後就不用看了。「可是她就是不給我機會。」滌說，這就像是跟別人說失敗了不用再站起來一樣。

我說，你知道媽媽的個性，她就是會擔心。你覺得你不會再出問題，但她就是覺得有風險，所以她選擇了一個可以讓自己安心的方法。我話還沒說完，滌馬上說有什麼好擔心的？我都跟她講過了。

「她把我困在這裡。」滌說。

聽到這句話，我覺得有點不可思議。為什麼有人會覺得自己的狀況是別人的責任呢？這實在好難理解。我看著滌，吸了一口氣，我說：「我可以講很直接的話嗎？你可能會不舒服。」

滌看著我，他的眼睛盯著我。「這種話以後就不用講了。想要講什麼話就直接講。」滌說。

我說好，直接講，好啊，直接講。為什麼你的生活要讓媽影響？媽不給你做股票，你就困在這裡，你就覺得自己被困在這裡。你被困在這裡，都是別人的責任嗎？媽有什麼理由要給你錢？

我的口氣有點衝。滌聽完倒是平靜的說：「那樣比較容易。」

那樣比較容易？又來一句很難理解的話。什麼意思？要錢比較容易？這個我當然知道，要錢當然容易，喔不對我來說就不容易。我覺得這句話說得太容易了，我在想，「那樣比較容易」，是不是還有其他的意思？

我問，那樣比較容易，是什麼意思？

人要活在當下，有需要就要用。她的錢就放在那裡，就放在那裡。眼下有什麼問題，錢可以解決就去解決。我現在需要錢，而她有錢，錢就應該拿出來用，解決問題。滌說。

他說得很順，聽起來很有……道理？

我說可是，那是媽媽的錢。你覺得錢就該拿來用，那沒有問題，如果那是你的錢。但是錢是她的，她應該有權利決定自己的錢該怎麼用吧？

滌一臉對呀所以我沒有去跟她要，「她不給我額度，就是現在這樣。」就是現在這樣的意思是——冷戰。

我想起羅哲斯說的「同理心的了解」。「同理心」這個快被用到爛掉的詞，快無法理解它真實意義的詞，這個詞擺在現在這裡，該如何運作？

我聽了之後沒有馬上接話。我停了一下，我說，「你有想過要理解別人嗎？」「世界上人那麼多，哪有可能理解得完。而且，我幹嘛去理解智商低的人在想什麼？」

為什麼會說出這樣的話呢？聽起來真的很不舒服，不舒服。但聽到這句話的同時，我又想理解滌為什麼會這麼想。我這麼想的時候，滌又說，難道我要去理解螞蟻怎麼想？蟑螂怎麼想？就算要理解，也是去理解聰明的人。

為什麼是聰明的人？我問。

滌說，因為聰明的人比較少，比較有可能理解得完。

滌說出那句話時，我不是很了解。但現在回想，我好像有一點點了解。把幾件事情拼在一起看，好像可以理解滌為什麼說「只想理解聰明的人」。

乍聽之下會覺得是歧視，是高高在上。但後來滌說「因為聰明的人比較少，比較有可能理解得完」，我好像抓住一點點，好像可以理解。

我把我抓到的東西，理解的東西，試著去拼湊滌的心理狀態。

滌在意兩件事——一個是「正確」，另一個是「完成」。他不能做股票之後，平常的生活就是給自己出一大堆題目。或許他也不是故意給自己出題，而是只要遇到不懂的字，想要理解的，很冷僻的字，他就會記在紙上，然後去查，去找典故。他說，「中文字真的很難，了解不完」。或是一盤棋，象棋，我不曉得他去哪找來的棋譜，或是網路上的棋賽，總之他面前擺著一盤棋局，他花時間去把它解開。他將那些待解的問題寫在紙上，每解完一件事就畫掉，解完一件事就畫掉。他用鉛筆，在紙上寫滿了只有他自己看得懂的紀錄；一個問題一個紀錄，解完就畫上代表刪除的雙槓。他的紀錄沒有過程，只有一開始的問題，以及解完的刪除線。

這跟他只想要理解聰明的人，有什麼關係？

邏輯上來說，應該是聰明的人比不聰明的人少，是吧？所以他選聰明的人來理解，比較理解得完。比較可以「完成」，比較可以「解完」。

而且，聰明的人可能比較容易「正確的理解」。聰明的人之所以被認為聰明，因為他們腦袋清楚，脈絡清晰，自己知道自己在想什麼、自己知道自己為什麼這麼想、自己知道自己為什麼做了這個判斷。也就是說，聰明的人清楚自己的思考，也能清楚的表達，因此，如果想要「正確的理解」聰明的人，有方法可循，不會不清不楚，沒有答案。

儘管「理解」這種東西，很難有標準答案。但相較之下，他認為要在聰明的人身上找到答案，比較容易。

但是，寫著寫著，我又發現滌想要了解聰明的人，最主要的原因很可能只是——他覺得比較有趣。聰明的人就像他提出的問題，他對那些謎感到興趣。

可是，用什麼來判斷一個人聰不聰明呢？那麼我聰明嗎？我可能也不是很聰明。那麼，如果你覺得我不聰明的話，你是不是就不想跟我說話？我心裡這樣想。但我又繼續想，我想，滌說的聰明不一定就是智商，而是一個人「想不想要去思考」。

他經常說，人有大腦不好好用，放在那邊擺爛。我說，所以關鍵不是「聰不聰明」，而是這個人面對問題的時候，有沒有在思考？是這樣嗎？如果是這樣的話，其實每個人都有能力思考，不需要真的很聰明，智商很高。所以重點是，想不想思考？

滌看著我，沒有正面回應。但也沒有駁斥。他不認同的時候，就會駁斥。

「但是呀，就算對方不思考，我還是會想要理解對方的狀態。」我說，不知道從什麼時候開始，我長成一個很想要理解別人的人。其實我也不知道這樣好不好，但是我就會去想，那個人為什麼會這個樣子，為什麼會那個樣子。結果當然是理解不完，自討苦吃。我一邊說，一邊笑，「我是說真的，我覺得人好難理解，而且很努力了還不一定可以理解」，但是多半的情況，我還是想要努力理解看看。

我說，你覺得媽媽錢守得很緊，錢放在那裡好像也沒在用，為什麼不拿來用？因為家裡的錢一直流出去呀，你知道她的錢都一直流出去。錢賺得很慢，她存得很辛苦，但是一流就很快，你應該也知道。

滌沒有說話。

後來他說，其實快了啦。我說什麼快了？

「我也快要忍不住了。」滌說冷戰很久了，快了啦，可能再過沒多久，就會去跟媽講話。

滌曾經提到公園裡的八哥。

「完全不怕人，我走過去，牠就跳過來。答答答。」滌一邊說，還一邊有手勢。這時他的表情很溫柔。「牠靠近我，頭歪一下，然後跳到我的手邊，啄一下。」

「牠還會跳到我的手心。」滌說。

滌每天都去看牠，每天去看牠。「可是到第三天，牠就被人關起來了，在籠子裡。」滌說。我們家附近的游泳池你知道吧，旁邊有個公園，我每天清晨都會去那邊跑步。那隻八哥後來好像是被游泳池的人收養了。也是，牠那麼親人。可是就被關起來了。

「但我也不可能養牠。」滌說，養寵物會分心。

分心？分心是什麼意思？我問。

滌一臉理所當然的表情看著我，「當然會分心呀，你的心就會被牠分走，你就沒辦法再專心。」

滌說，我也想過交個女朋友，貓啊狗啊。嗯，怎麼聽起來女朋友跟貓啊狗啊是一樣的東西？我心裡想。滌說，可是那樣子呀，就會分心，就不會一直專注在我專注的那些事情上。像現在跟你聊天，我就比較不會去注意到那些聲音啊，味道啊。

「跟你講話的時候因為正在講話，我就不太會去在意那些事情。」滌說。滌說他也覺得這樣不錯，但大部分時候他還是想要專心。

我記得之前曾經跟滌聊到，滌說他從前沒那麼在意許多東西的細節，不是沒看到，是不去在意。但從他決定要在意後，「我就矯枉過正，我就全部都要在意。」

但滌似乎不以為苦。

我本來以為，滌會覺得很辛苦。嗯，應該這麼說，滌確實很辛苦，但他不以為苦。我之前在想「滌這個樣子」究竟是自願的？還是非自願的？之前我會說，他是自己選擇的，後來我不確定。現在我又覺得，要說是自願似乎也沒有錯，從某個角度來說。

滌說，他不想要分心。寵物啊，伴侶啊，這些都會讓他分心。這樣他就沒辦法專注在他想要專注的那些事上。

我說，為什麼說是分心？這樣聽起來好像是有些事情比較重要，有些事不重要。

「你養狗狗，其實是為了自己。」滌突然說，你覺得牠很可憐不得不養，其實是為了自己。流浪犬那麼多，你哪有可能全部都養。

滌有時會突然激怒別人，像現在這樣。滌的點很準，而且都是直拳攻擊，根本來不及閃。滌說我養狗是為了自己，我突然有種被攻擊的感覺。但滌其實不是故意要攻擊，他只是總能抓到人心那脆弱的點。我支吾著說，要說我是為了自己也沒錯，我是為了心安。我本來想說，雖然我是為了自己，但我也是為了狗好。但是這句我沒有說出來。

我說不出我養狗是為了狗好這樣的話，為什麼呢？我為什麼突然懷疑？突然不好意思起來，但我像在防衛什麼一樣的反擊：「你的意思是流浪犬那麼多，怎麼可能全部都養，那麼都不要養，都不要管，是嗎？反正也救不完，救了這一隻，外邊還有千千萬萬隻，是嗎？那這樣不就什麼都不用做？不就什麼都不需要做？」

我說，人生有很多事確實是做不完的，可是為什麼要做完呢？而且本來就做不完啊，怎麼可能做完呢？做不完才是正常的吧？你自己也知道不可能做完，那你在追求什麼！你追求的還不是都做不完？你自己知道。

而且為什麼要分成專心的事跟分心的事呢？我每天早上起床，跟斌一起做早餐，然後我們慢慢吃早餐，一邊聊天，或者看書。這樣是分心嗎？做這樣的事是分心嗎？跟米古去散步是分心嗎？只有工作才是專心？做自己的事才是專心？什麼是自己的事？

我一邊說著，但另一個腦袋同時轉著：我說著自己慢慢吃早餐，帶米古散步，但如果這些時間都換成「我專心的事」呢？比如專心寫作，或專心畫畫，那麼我在這些事上是不是可能有更好的表現呢？所以我好像也明白，滌說的「交換」的意思——把時間全部都放在這裡，跟把時間分去那裡，結果一定不一樣，是嗎？

但是，人生為什麼要這樣過？我提出質疑。

滌看我激動，他反倒平和。他輕輕的說：「我們道不同。」

滌說完後，表情閃過一個微妙的變化。有點像鎢絲燈泡亮了一下，隨即又暗下去。暗下去後就不說話了。

後來，我讀到羅哲斯說，人們總是施以「評價性的了解」，比如：「我也有過你這種經驗，但我的反應跟你不一樣。」這種評判性的了解是人們經常做的，去評判他人跟自己不一樣的行為表現，說的時候還會加上「我了解」、「我知道」，但這不是真的「同理心」。

我回想我跟滌的談話，我似乎流露出「你為什麼『會』這樣想呢？」「你這樣想好奇怪……」「你為什麼『要』這樣想？」

滌在說了「我們道不同」後，我沒有繼續說下去，我突然意識到我怎麼有權利去管別人要追求的東西？但是，我當下確實覺得「人為什麼要那樣過呀？」我可以理解滌的感覺，但我也有我自己的感覺。

羅哲斯說：

如果有人能了解「我」到底有什麼感覺，而不是想分析我或評判我，那麼，我定能在那樣的氣候中開花成長。假如治療者能以案主的觀點和感覺去抓住案主在當時所體驗著的內在世界，而他同時又能在這種同理心的過程中保持自身的獨立性，那麼，變化就會發生了。

宋在翻譯的時候附帶解釋，在同理心的過程中保持自身的獨立性，而不至迷失於案主的世界中，這是「同理心」和「同情心」最主要的區別。

讀到這段話，我覺得我好像抓到了什麼。

我問滌，「你有放空的時候嗎？」滌說有啊，當然有。「那是什麼時候？」我問。滌想了一下，又說，那好像沒有，好像沒有放空的時候。「應該說是轉換吧。」滌說，比如下完一盤棋，去廚房做涼拌菜，讓腦袋轉換一下。

你有什麼都不想，什麼都不思考的時候嗎？我問。

滌說，睡覺的時候吧。

「這樣你的頭不會很脹嗎？」

「如果一直都很脹，就沒有脹不脹的問題。」

滌媽

媽說有些東西我寫錯了。

「你寫到我幫你爸還五十萬。不是五十萬，是二十萬。你怎麼會有五十萬的印象？我哪有五十萬可以給他！」

「還有，有些事不是你想的那樣。」

我給媽讀我正在寫的東西，我 email 給她。過了兩天，媽回信了。媽說，回來再說。她知道我正在等，所以先回信給我，她說回來再說。吃完晚餐，我跟媽去散步。散步，幾乎是我們說話最多的時候。

我說，你有什麼想法，都可以講。媽說，會講，我都會講，我現在不要像以前一樣什麼都不講。先跟你說，感覺不是很好，那些事情被寫出來，對爸爸不好。

「你有想過這樣對爸爸不好嗎？」

我沒有回答。

「還有，有些事情不是你以為的那樣。」

「你寫到爸去媽廟種菇，好像是貪圖兄弟的錢。不是那樣。你爸那個兄弟，就是一個公子哥兒，他就出錢，不做事的。看起來他出一百萬，你爸只出二十萬，好像你爸賺到，不是那樣。所有的事都是你爸在做。另一個合夥的，阿光的堂哥，出技術的，就真的只是出技術。當然出技術還是有教工人怎麼做，不過教完就沒他的事了。所有的活都是你爸在做，工廠的事啊，工人的管理啊，還有一大早就要送貨。你爸他們種那個鮑魚菇，不能放，一定要送新鮮的，每天凌晨都是你爸在送，你爸也是很辛苦。」

「所以如果有賺錢，三個人分很正常。幾乎只有你爸在做事。而且你爸幾乎沒薪水，薪水少得只夠吃飯。我不是跟你說過住媽廟的時候，弟弟都只有米麩可以喝？我怎麼可能只給你弟喝米麩，是真的完全沒有錢了，很苦。你爸雖然投資失敗，但他那段時間很認真工作，他工作起來真的很認真。他不是不顧家的人。」

「還有，我們後來投資的彩色沖印店，那不是賭。那家店已經開了，已經上軌道，我觀察很久了，彩色快速沖印的門市才剛開始，那是一個風潮，很穩當，是會賺錢的生意，就只差有沒有錢投資。」

「這件事是你爸主動去找他堂哥沒錯，但媽有觀察，是穩當的生意。當然也要我們家剛好有錢，但這件事你爸很積極。後來賺錢，就證明你爸的眼光獨到。你爸也是需要人家肯定。」

媽不間斷的說著，不間斷的說著。媽說，有些事不是像你想的那樣。他是會賭，但沒有不顧家，工作也很認真。不要把你爸想成是會貪別人便宜的人。

「如果現在要選跟誰生活，你知道我會選誰嗎？」媽看著我，「當然不會是你弟，但也不是你。我選你爸。我現在跟他生活在一起就是，怎麼說，很自然，很自在，沒有壓力，也不用去想要怎麼跟他相處。他都聽我的，你知道你爸脾氣本來就好。現在他又都不賭了，我有觀察，他真的都不賭了。」

「反而是現在頭腦有時候鈍鈍的。我有跟你講過嗎？有一次我去圖書館，結果下大雨，我沒帶傘。我打電話回家給你爸，沒人接，我等好久都沒人接。後來好不容易找到人了，我就說你明明知道下雨還亂跑，沒有想到我會打電話回家叫你帶雨傘來接我嗎？」

「結果你知道你爸為什麼不在家嗎？他一發現下雨就拿著雨傘出門，在那邊拿著雨傘到處找我，也不知道我人在哪裡，就在那邊拿著雨傘到處走。」

我聽媽說著，我們坐在公園的椅子上。我說，很高興聽到你跟我說這些啊，如果你不說，我不會知道。我寫這個東西，就是想再多知道一些。現在我知道有些事不一定像我以為的那樣。我很高興知道這些。

我不曉得媽能不能明白，這也是我想要書寫的原因之一。

我跟媽說，你說的這些，我都會再寫進去。媽的眼睛閃了一下，意思好像是我並沒有要你寫我只是想跟你解釋。我跟媽說，我們無法知道事情的真貌是嗎？特別是我沒有參與的那段日子，就算我有參與我也不記得了。我知道的是聽來的，爸說的一些，你說的一些。事情不是寫下來就死了，事情是活的。你擔心別人讀了我寫的東西，會覺得那個人的爸爸好像是一個不負責任的爸爸，可是事情本來就有許多面向，並不是寫下來就死了。

「還有從前你提到爸，提到那些辛苦的日子，我總是聽到抱怨，聽到不得不，但我現在聽到別的東西了。你還是很在意爸的感受，你怕他受傷。」我說。

媽說，對，受傷，你有想過你寫這些，會傷害到家人嗎？你在寫的時候，有想到公開之後會怎樣嗎？你有想要公開嗎？我現在會問得比較直接，我不要像以前那樣都把話放在心裡。你到底是怎麼想的？

媽問了一個，我覺得很難的問題，卻也是必須回答的問題。我當然不想傷害家人，我書寫不是為了要傷害家人，不是要給爸難堪，不是要讓媽為難。我問媽，你先假設這個東西不會被別人讀到，只有你自己讀到，你讀了之後，你的感覺是什麼？

「感覺？感覺？」媽重複著這兩個字，像是多咬幾下就能感覺出來一樣。媽說，什麼感覺？我說就是你讀完之後，你對滌怎麼想，你對我們跟滌之間的關係，怎麼想。

怎麼想？當然有感覺啊，我讀你寫的那些，你跟滌的講話，滌的想法，我當然是知道了一些不知道的事情。媽說。

我說，那你再假設，如果你不是我媽，你是一個普通讀者，你讀到這個東西後，你怎麼想？

「我會覺得怎麼會有人把這種事寫出來，這個人是怎麼做別人家女兒的。」媽這次的回答倒是很快，「我不騙你，你去問別人，大部分的人一定會覺得怎麼有人把這種事都寫出來。」

聽到媽這樣說，我倒是不意外。不意外，但在心裡卻又期盼著，她能夠明白我究竟為什麼書寫，究竟為什麼希望被讀見。

是的，被讀見，我似乎越來越確定我想要它被讀見。當然，當中還是存著不確定，最大的不確定是「如果母親無法理解」，那麼我仍舊希望它被讀見嗎？如果我仍舊希望，那麼是否意味著我把這份書寫，看得比母親跟我之間的關係還重？

可是為什麼我希望被讀見？

坦白說，書寫之初是不確定的。這個不確定的心情很難說明。剛開始我連是否該去寫都不確定，我真的該寫嗎？寫了之後又能帶來什麼改變？是，我確實是抱著希望能改變什麼的心態去寫，儘管我覺得改變的機會微乎其微。

而書寫之後，本來寫的是已經存在的，我知道的事情；後來漸漸變成我所不知道的，我正在發現的事。比如我似乎越來越接近滌的想法，我似乎越來越能知道別人為什麼覺得奇怪；去理解那個奇怪之後，覺得沒那麼奇怪，也沒那麼擔心了。比如我發現我身上有許多與滌相似的東西。

然後，我對爸的看法也改變了。當然我說的改變，不是徹頭徹尾的改變，而是我發現了從前不曾看見的面貌，包括我自己是怎麼看待我的家人。

還有，我其實是喜歡爸爸的喔。但為何我寫出來的喜歡是那樣的少？

滌爸

小時候我是喜歡爸爸的，一直到高中也都喜歡。那種喜歡跟喜歡媽媽是不一樣的。媽媽扮演的是教養者的角色，爸爸則是玩伴的角色。

小時候我很喜歡爸爸，因為爸爸很好玩，又好笑。爸爸會把我們放在他的大腿上，讓我們把他當作投幣式的電動遊樂器，就是那種你投十元硬幣，它就會左右搖動、升降，或轉圈的那種。我們假裝投幣，投幣孔是爸爸的肚臍，投幣後按下按鈕，爸爸遊樂器就會發出「騎鬥起、騎鬥起……」的音效，然後大腿開始震動，坐在上面的我們就會開始晃，就會開始笑。不過「騎鬥起」大概一分鐘就停了，停了之後得再投幣，「騎鬥起」才會再開始。

我寫「我們」，當然是包括了滌。我的記憶中，滌也坐過「騎鬥起」。坐「騎鬥起」的他在想什麼？感覺到的是什麼？小時候的滌，有喜歡爸爸的時候嗎？對爸爸的感覺是什麼？

有記憶以來，爸爸幾乎沒有對我們兇過，所以當滌說到小時候爸爸兇他，當時我想我們說的是同一個爸爸嗎？小時候家裡有叔叔伯伯來打牌時，我並不討厭，因為我知道有媽媽看著，家裡還可以抽頭，還可以吹冷氣。我知道那是因為媽媽不喜歡爸爸去外面打牌，所以乾脆讓爸爸在家裡打。小時候我對打牌不特別反感，還期待他們來家裡打牌，因為有飲料可以喝，有冷氣可以吹，看電視也不容易被罵。到我跟滌該睡覺的時間，大人還在打牌，我跟滌在房間裡，門打開一點點縫，冷氣可以流進來，麻將聲說話聲混成一種答啦答啦嘩嘩嘩的聲音也流進來，這種聲音在空氣裡流，不特別大聲也不特別小聲，我覺得很好睡。

就算爸打電動玩具輸錢，我也並不生氣。我看著媽媽對爸爸生氣，一年一年上演同樣的戲。我只是一直在想，爸爸的心情是什麼呢？我不知道，我一直都不知道他的心情是什麼。他懊悔嗎？他沒有辦法控制自己嗎？還是他只是想多賺點錢？爸爸只要贏錢，就會買東西給我們吃，巧克力啦、冰淇淋啦，甜甜的好吃的東西。小時候我也不會去跟爸爸說，你那樣不好，不要再玩了。小時候覺得自己管不上這樣的事，卻也不覺得特別生氣。滌討厭爸爸打牌，討厭爸爸打電動玩具，滌討厭爸爸無法做自己的主人；而我比較多的心情則是可憐，覺得爸爸可憐。

可是在寫的過程中，在回頭讀的過程中，我發現一件事：我發現我似乎對滌比較寬容，對爸爸並不。儘管我跟滌也會吵架，但我一直想要去理解他的狀態。我也試著去接近媽媽的感覺，媽媽的想法，雖然我對事情的決定經常與她不一致。而我最不寬容的反而是爸爸。爸爸，這個聲音最少、最沒有主張的人，以客觀的角度來看，他是家中最沒有脾氣的人。但我在書寫中最少去貼近他的狀態。我發現我極少像跟滌對話一樣，來來回回去思考父親的感覺。我似乎總是寫，爸爸就是怎樣怎樣。甚至爸爸在敘述某件過往回憶時，我在心裡就斬釘截鐵的判斷了。跟滌說話的時候，我會不斷地去思考他說的話，但我很少去思考爸說的話，可能因為我覺得爸的話裡沒有別的意思了？可能我無法從爸的話裡讀出更深層的東西？可能因為我覺得跟爸很難「對話」？他總是說他想說的，很少一來一回。他總是笑，沒有脾氣。我好像無法了解他真實的情感，但也很可能他真的就是這樣。他不像我跟滌有很多東西要去思考，他不像媽有很多事情要去煩惱。但他真的沒有煩惱嗎？他越是沒有煩惱的樣子，我越是覺得他疏遠。人怎麼可能沒有煩惱呢？爸有的都是眼前的煩惱：媽媽生氣了，不要讓她生氣。但是只有眼前的，他想不到未來的事。是因為這樣所以他年輕的時候一次又一次的走進電動玩具店？坐上牌桌？我又在下判斷了。

那天跟媽媽聊，媽說到在台南的日子，爸每天一大早就要去送菇。媽說的一大早是五點多，但我印象中批發市場應該是更早開市才是。於是我問爸在台南媽廟種菇的事。爸說媽廟種菇啊，喔，三點多就要騎摩托車到台南的夜市送菇囉！我說夜市？爸說就是果菜批發市場啦，「我都叫它夜市，因為去到那裡都還黑嘛嘛的！」「可是價錢很差啊，那個鮑魚菇，盛產時價錢很差。收得少的時候單價好一點，啊可是這樣收入還是不好。唉，價錢都是別人在決定啦。」

我問爸，彩色沖印店那個時候看起來那麼好，你怎麼會跑去種菇？

「想說換一行做做看，看錢能不能賺得快一點……」爸說。

從前的我聽到這句話，會覺得爸投機。但那天聽的感覺不一樣了，不曉得是不是因為跟媽聊過。「看錢能不能賺得快一點……」感覺爸也希望多賺一點讓我們過好日子。我想著那時候才三十出頭的爸爸，比現在的我年紀還小，有著老婆和兩個小孩，沒有什麼資本，就是靠自己打拚，他應該也是想要讓我們生活過好一點。雖然經常事與願違。

媽說其實爸去台南種菇之前，就曾經在高雄自己開店當老闆了，「那時候爸做手工放大，接件來做。你爸的個性工作很認真，應該是說他做這一行也有天分，顏色什麼啊都做得很漂亮。你應該是遺傳到你爸，你爸也會畫畫。媽就不行。」

「不過後來我懷孕，就叫你爸把店收起來，你爸一個人在高雄一定會出事。」

那個克制不住的東西是什麼？至今我不太明白。但好像又有一點點明白。從前台北西門町阿嬤家，每天兩桌客人打牌，廚房擺上一桌的菜，休息時客人就自己去桌邊夾菜。客人會叫小孩買飲料，給小孩吃紅。麻將的聲音幾乎幾乎沒有斷過。我的堂弟堂妹就在那樣的環境長大，會打牌是正常的，看輸大贏大。打麻將沒什麼不對，他們是用麻將養大的。爸也是靠麻將養大的。

「阿公做生意失敗後，開始擺桌抽頭。每個人一圈四百，最少要打兩圈，一桌就三千二。那時候每天固定擺兩桌，每天六千四進帳。」

「你阿公每天穿得啪哩啪哩上酒家，跟小姐跳舞。回來就有錢可以收，你阿嬤把錢收好，等你阿公回來。你阿公就每天在外面玩。」

爸在說這段故事的時候，我感覺不到他的判斷，他的心情。他一邊看電視一邊說，他只是在跟我閒話家常。

「你那時候幾歲？」

「那時候喔，十幾歲吧。」

那時候爸的感覺是什麼？他會跟滌一樣討厭大人打牌嗎？他會覺得大人那樣很不負責任嗎？我無法知道那個年紀的爸爸的心情。我知道的爸爸，是已經在牌桌上的爸爸了。

爸媽終於自己開店的時候，爸已經四十多歲。從二十多歲就做彩色沖印這一行，二十年後終於有自己的店。那是爸最認真工作的一段日子。當然，開店資金是媽媽存的，但開了店之後的爸爸，很認命在工作，大概因為自己是老闆吧。店裡就爸跟媽兩個人，爸早上八點半先去開店，媽晚一點，大概九點多過去。一直做到下午五點，媽先將收銀機的錢算好，下班回家。爸繼續留著顧店，到晚上九點半準備打烊，十點關門回家。一天工作超過十二小時，沒有週休，沒有月休，只有一年五天的年假，回台北看阿嬤，在西門町老家打個麻將。

現在想，爸媽那樣的工作型態，其實是過勞的，尤其是爸爸。但當時不會那麼想。店面是租的，不開店租金一樣在跑。那一行不曉得還能做多久，媽總是說，還好抓到了彩色沖印的尾巴，開店後的頭幾年算是有賺到錢，但後來大家開始拚價，4x6 拚三塊半的價格都曾經出現，還有那種大賣場就可以送件取件的，進去逛之前送件，四十分鐘逛完之後就可以取件，「可是那個品質都很差」，媽媽說。

不過，這樣也是做了十年。

頭幾年的黃金期，以及後來幾年生意清淡，彩色沖印的高峰與沒落，爸媽都經歷過了。那時還沒有數位相機，每逢暑假與過年，是店裡生意最好的時候。出國旅遊的人，軟片十幾捲十幾捲在帶，回來後十幾捲十幾捲的在沖，沖片機從早到晚沒休息過。接著是加洗，我們打開透明桌面下的日光管，客人將底片擺在上頭透著光看，用紅色的筆在要加洗的格子上畫上1、2、3、4、5，那種出國加洗的一張照片洗上十來張大有人在。客人透著光看底片，畫加洗數字的表情，像是在回憶。我很喜歡看他們畫加洗的表情。

當然，加洗要錢，加洗一張就是三塊或四塊。我看著客人畫加洗，想著越多越好，越多越好。媽媽負責洗照片，洗一張三塊，洗一張四塊，所謂的黃金期是這樣三塊四塊累積起來的，並不是真的賺黃金。然後爸爸拍大頭照，拍一組兩百五。那時候還沒有電腦軟體修片，是用削成極細的鉛筆，透過放大鏡在底片上修片。把白點修掉，把太多的皺紋修掉。修片是一種極需細心與耐心的工作，這個爸爸做得來。爸爸可以在晚上關店鐵門拉下來後，在二樓的小房間修片，拿著細細的鉛筆，對著小小的底片修片。有時要修上好幾張底片，一張底片十分鐘，十張底片就是一百分鐘，將近兩個小時。生意好的時候，爸修完片回到家，總是已經午夜。

六年前，爸爸得了腦瘤。

那天接到電話，我看著手機顯示家裡來電，直覺有事。媽極少打電話來。媽還沒開口，我問怎麼了嗎？「爸做電腦斷層發現有腦瘤，你要回來。」

其實本來就有心理準備，但沒想到是腦瘤。媽說爸的字越寫越小，歪歪扭扭，話講不清楚，走路走得很慢。有次騎機車跌倒後，右邊的腳走起來就一直怪怪的。「可是沒有什麼明顯的外傷，去看了骨科也沒有什麼問題。」媽在想，會不會是老人癡呆？

說服了爸爸去看醫生，做了記憶與反應等基本檢測後，醫生說做一下腦部斷層吧。「片子出來後發現，一顆五公分大的腦瘤，長在你爸的腦膜上。」媽說。

我還記得剛聽到消息時的心情。我似乎不特別難過或激動，而是在心裡跟自己說，要有心理準備。我默想了最壞的結果，做了最保守的打算。最壞的結果當然不是死，而是手術失敗成為植物人，那將會為家裡帶來極大的改變，我勢必得扛起些什麼……

現在想來覺得奇怪，我當時想的竟然不是爸爸的心情和感覺，而是「得扛起什麼」。不曉得是不是我把扛起什麼想得太簡單太理所當然，我像是要面對長期抗戰，我在心裡準備著；雖然什麼都還沒發生，但我在心裡這麼跟自己說。

爸爸那時候因為腦瘤造成的水腫壓迫到語言神經，已經不太會說話了。但他可以聽懂我們說話。我們跟爸說，醫生說要手術喔，不然水腫繼續壓迫大腦可能會癱瘓，我們沒有說出口的是——可能會死。爸爸坐在醫院的病床邊，搖頭，搖頭。爸的意思是什麼？不要手術嗎？那時候的爸爸已經不太會說話了，如果他可以說話，他會說什麼？我對媽說，爸他搖頭耶。媽說還是要開啊，現在也沒辦法知道你爸真的意思。

從發現腦瘤到決定開刀，到安排手術，時間非常短。我忘了確切的時間，但我想可能沒有超過兩個禮拜。手術非常順利，腦瘤長得很獨立，位置很好剝除。一件原本十分重大的事，在歷經十二個小時的手術後，就這樣過去了。術後爸爸在加護病房兩天，之後移到普通病房觀察四天，不到一個禮拜，爸出院了。

我記得手術剛結束時，我跟媽進到加護病房，我們看到爸睜開眼睛。爸睜開眼睛的樣子像小動物，像是不確定剛剛自己的身體經歷了什麼。爸張開嘴巴說，「有點渴。」啊！爸會說話了。

我們將棉花棒沾濕，先濕潤他的嘴唇，然後用吸管給他喝一小口水。我們問爸覺得怎麼樣？這聽起來很像問爛問題的記者在提問。爸說，「有點痛。」但爸說話時的眼睛笑笑的，沒有脾氣。

爸爸的頭、身上都插滿了管子。監測心跳的管子、監測腦波的管子、點滴管、輸尿管……頭上有個剛縫合的五公分傷口。那時候的身體怎麼想肯定都是難受的，但爸爸在微笑。

爸對站在一旁的媽媽說：「我重生了，謝謝媽媽。」

開完刀後的爸爸，真的是重生了。從前我們以為他這輩子不可能不賭，而他後來竟然不賭了，不再去電動玩具間，也不打牌了。我跟媽說，是不是開腦的時候改變了什麼啊？

爸回到一般病房後，我要注意他有沒有尿尿。跟媽換班的時候，我看著尿袋裡沒有尿，我問爸，「爸，你有沒有尿尿？」爸說好像沒有耶，要喝一點水，我來喝水，喝水就會尿尿了。我拿水給爸爸喝，爸爸很認真的喝了一口，又喝了一口。喝完後他想彎腰，我問爸你要幹嘛？爸說我要看我有沒有尿尿啊？咦？不是喝下去就要尿出來嗎？

醫生說開完腦後大腦可能會有點錯亂，這時我才明白。「大概一個禮拜後就會正常，不用擔心。」醫生說。爸出院後，理解力慢慢恢復，但有些東西變得跟從前不一樣了。

爸變得比從前愛乾淨。吃飯時桌面上如果不小心濺了湯汁出來，他就想拿抹布馬上擦掉。我說沒關係，吃完再一起擦，爸就說現在擦。或是桌面上的東西，他會一件一件把它擺得很整齊，糖果餅乾啦，一件一件平放，不互相交疊，按著水平垂直線像隊伍一樣排好。我開玩笑說，爸跟滌終於有共通點了。

然後，一件事情要交代很多次。「我跟你講這個遙控器要怎麼按……」「那個遙控器……」「我有跟你講過那個遙控器要怎麼按嗎？」從前爸不會這樣嘮叨，但他脾氣很好，他嘮叨的時候也沒有脾氣，還好沒有影響到脾氣。

最大的改變是他不執迷賭了。很奇怪，我以為那會是一輩子的東西，他竟然在六十歲的時候不賭了。是因為開腦嗎？如果是因為開腦，我要如何去理解媽這三十幾年來的擔心？「開個腦就不賭了，早知道就去開腦好了。」當然，話不能這樣說，但那要怎麼說，所以爸想賭不是他能控制的？是他的大腦在控制？

之前曾經聽過因為腦傷或腦手術後性格大變的案例，沒想到這會發生在爸身上。當然，也可能跟開腦沒有關係，只是因為生死走一遭？

爸爸不再賭博，媽媽的心理壓力著實減輕許多，當然經濟也是。但滌與爸的關係似乎沒有因為爸不賭博而有好的變化。好吧，如果爸繼續賭博，可能會更差也不一定。

爸開刀住院的那段時間，滌去過醫院一次，還是兩次？我本來以為他不會去的。滌當時的心情是什麼？我沒問過他。這也是六年前的事了。這六年來，滌似乎又更往裡面走了。

滌

滌與媽久違的一次說話，像是雙重合唱，隔了四個月後的說話，在一次無預警的颱風天展開，他們一人唱一個調，媽唱的同時滌也在唱，滌唱的同時媽也在唱。差別在重唱雙人組會聽彼此的聲音，但滌與媽不聽，他們不聽對方說話，或是其實他們就是因為聽到了對方說的話，所以讓自己唱得比對方還要大聲，他們要蓋過對方的聲音。唱到後來是用叫的，是用吼的。他們站在滌的房間，我坐在客廳的沙發角落，在黑暗裡，聽著他們重唱。

我在黑暗裡，靜靜的聽。重唱最後在滌的咆哮中結束，媽轉頭快步走回她自己的房間，關門。剩滌一個人在唱。

「作威作福……你以為你在養小動物嗎？我要的你不給我，我不要的你一直塞給我……每天買那個便當……有錢了不起喔……幹！」

我坐在黑暗中聽，不像以前那樣緊張。我想著我要去跟媽講話，還是去跟滌講話。我坐在黑暗中想。其實也不是想，我在感覺。

我站起來，直直走到滌房門口。滌一看到我，馬上幹！哩嘍來，嘍來。我站在門口，倚著門框，我說可以坐一下嗎？滌歪頭，用挑釁的表情看我，坐一下？坐兩下好嗎？坐一點五下？我說，坐三下。說完我就準備要坐了。滌又歪頭，這次笑了，伸手表示坐吧。滌的情緒收得很快，這是我不太能理解的部分，他似乎很能把人跟人，把事跟事分開。

我坐下，正要靠在衣櫥邊框的時候，滌說，不要靠。我說，讓我靠一下，我會很輕，沒有聲音。我伸直背，輕輕的靠在衣櫥框上。我說，靠好了，你看，沒有聲音。滌看著我說，好。

我靠在衣櫥邊，雙腿併攏屈膝。這是我跟滌聊天最常有的姿勢。我看著滌，想著要說的話。

「你最氣媽什麼？你覺得她在施捨嗎？」

滌看著我，搖頭。我本來以為他會說是。方才的對話在我聽來，我以為他最氣的是媽的行為像是施捨——

「我要的你不給我，你給我那個便當，你是在養小動物嗎？」

「什麼叫做你要的我不給你？你現在是在講股票的事嗎？」

「不然你是要養我一輩子嗎？」

「你不要再跟我談股票的事，我已經決定了。」

「他媽的怎麼怎麼講都聽不懂？跟你講是額度的問題，額度控管好就沒事了……」

「你不要再跟我講這個了，我已經給過你很多機會了。出事你會自己去處理嗎？你會嗎？都是我在處理，大熱天的要幫你跑銀行，我幹嘛啊，自找罪受。」

「什麼很多機會！幹！有錢了不起喔！」

我說是嗎？是因為覺得被施捨嗎？滌說便當什麼的是小事，她想給就讓她給，其實沒關係。「那你氣什麼？」我問。滌又歪頭，用手指著頭，「腦子，腦子啦。腦子沒用，講什麼都不會通。」

腦子，腦子呀。那這個從前講過了。滌又說了那個心理素質的比喻，只要不去碰吃角子老虎就好。又說自己的罩門就是聲音，那些突如其來的聲音，那些沒有道理的聲音。我說那可是怎麼辦，你說得很有把握，沒得買不要出手就不會出事，什麼可以買什麼不可以買，你有這個判斷能力我相信。「可是，你要拿你的罩門怎麼辦？」我問。

滌說，那簡單，那太容易了，我已經訓練自己那麼久了，一千多支股票到底該買哪一支，我就是看得出來。如果當天沒有，就不要買。這個已經很容易了。就算有一點聲音也沒關係，那個對我來說很容易了。

「已經駕輕就熟了？」

「對，駕輕就熟。開車已經開到輕輕握住方向盤就可以了。」

我沒想到滌還順便解釋了一句我脫口而出的成語。可是駕輕就熟是這樣解釋的嗎？

我說，你覺得你可以控制得很好，你覺得媽的錢與其放在那裡不如拿來用，「可是，媽不是像你這樣想事情。」

而且就像你說的，你覺得每個人都自私，就連媽買便當給你也是自私，她為了要讓自己好過。那麼，你應該也能接受媽不給你做股票吧？因為不給你做股票她才能安心啊。基於每個人都自私的道理，你應該要能接受媽的做法吧？

我說了一長串。滌沒有說話。我又問，所以你覺得媽「應該」要給你錢嗎？滌說沒有，他沒有覺得「應該」。但是他覺得給比較好。

如果我是第一次跟滌說話，我想我一定很難明白他真正的意思。但我現在好像有一點點明白，站在每個人都「自私」的「道理」，每個人的所有行為都是為了自己。包括媽買便當，包括媽不給滌做股票，包括滌去跟媽要錢。對滌來說，人類好像不會去做為了別人好的事，就算行為看起來是為了別人好，但最核心的目的是為了自己。

我不否認每個人可能都是出自私心而想對對方好——我喜歡某個人，我想對那個人好。人幾乎不會去對一個自己不喜歡的人好，是嗎？但人真的不會去思考「究竟做什麼才是真的對對方好嗎？」人真的不會這樣想事情嗎？

什麼是「好」？我覺得「好」的判斷，不是「對方想要的」，也不是「自己想要的」。而是綜合判斷之後的好。其實我也不確定什麼是綜合判斷過後的好，但擺在眼前的是，滌想跟媽要錢做股票，這「對滌來說」是好的，但「對媽來說」不好；媽想買晚餐給滌，「對媽來說」是好的，因為這樣做令她心安；「對滌來說」可能沒有不好，但不是他關心的。那麼，怎麼解這一個我想要的你不給我，我不需要的你一直給我的問題？這究竟是滌的問題？還是媽的問題？

但或許真正的問題，並不是給什麼不給什麼。我在旁邊聽，在黑暗中聽，我聽到了滌說：「你要養我一輩子嗎？」

股票是滌現在僅有的，他得以賺錢的東西。我說的賺錢指的並不是他做股票就一定會賺錢（雖然滌覺得一定），而是這是他唯一能夠賺錢的管道。他可以在這個小房間不接觸到任何人，只要盯著數字，他就有機會賺錢，他就能表現他有能力養活自己。

媽說，「你只是把股票當遊戲。」話這樣講沒錯，但也不全對。滌是把股票當遊戲，但那是一定要贏的遊戲。媽說，他為什麼不要像我一樣做長期定期定額的投資就好？因為那對滌來說不是一份工作。滌要的是一份，可以表現自己能力，又可以賺到錢的工作。

雖然之前他賺七次賠三次，賠的三次吐回去還不夠賺的，但他透過股票表現了他判斷的能力——他想要透過股票來表達，他有機會用「自己的能力」養活自己。

養活自己？那他為什麼不去便利商店打工？打工也可以養活自己。滌說，你要我去做那種白癡的工作嗎？滌這樣講聽起來很瞧不起人。可是他說，他就是沒有辦法做那樣的工作。

那樣的工作是什麼？與其說重複，與其說聽命行事，與其說工作內容根本無理（比如必須進定量的熟食，然後過了保存期限後全數銷毀），不如說，那樣的工作無法讓他證明他自己。

滌在小房間裡，看起來好像與世隔絕，卻又不真的與世隔絕。「難道你要養我一輩子嗎？」所以滌也需要肯定？雖然，他總是說他喜歡孤獨，需要孤獨。

滌媽

滌與媽說話的那天，高雄風雨很大，出乎意料的大，我根本沒有注意到颱風的訊息，風就進來了，雨就進來了。我去上課，上了一整天的課，一整天在室內，外邊狂風暴雨。上完課回到家，我看媽神情不對。我說怎麼了嗎？身體不舒服嗎？媽搖頭說沒有，就走進房間。我進到爸的房間，問媽怎麼了？爸說下午風雨不是很大嗎？後陽台的門突然啪的一聲，玻璃都碎了，碎滿地。你媽在那邊撿，說你弟也不幫忙，「我回家時看到媽媽在那邊撿，就趕快幫忙撿，結果你看，手割到了。」爸說。爸伸出包著OK繃的手指。

跟爸說話的時候，媽走進來，「爸，你去幫弟弟買便當。」媽講完又說，「你弟下午被我罵，搞不好就不進來了，不回家就算了，生這個小孩不知道做什麼用。」

然後媽開始講，講下午風雨很大，講她沒有注意，聽到啪一聲，還以為是什麼東西爆炸了。去到廚房看，看到滿地玻璃，一時還看不懂是什麼事。玻璃很碎，她撿得很辛苦，這時滌回來了，媽跟滌說以後風雨那麼大，要記得關後門。媽說滌又那個表情，一副事不關己的樣子。媽在那邊撿，門裡面外面都有玻璃，門開開關關，「你弟竟然在那邊嘖，竟然在那邊發出聲音，不幫忙就算了，我撿玻璃門不用開開關關喔，在那邊叫什麼意思？他大聲我就更大聲！」

媽說話的時候滌回來了。媽去跟滌講話。一開始兩人平聲平氣的說話，後來音量越來越大，再後來就是滌咆哮，媽回到房間。後來我去跟滌講話，就是我前面寫的那些事情。

跟滌聊完的隔天，我去跟媽講話。時間不多，等一下就要去搭火車了。我推開門，我說，我等一下要去坐車囉。媽點點頭，好，東西都帶了嗎？我說有，都帶了。

媽看了一下時鐘，嗯，還有半小時。我說，我昨天有跟滌講話。媽又點頭，準備聽我說的表情。

我本來以為媽今天狀況會很差。昨天滌說的話很難聽，比我寫出來的話還要難聽，我不想把那些話寫出來。我在想媽一定會很受傷，但我昨天沒有先去找她，我想或許，她需要先自己一個人。我以為她今天會沒有精神，或板著臉，或一臉有事的樣子。但看起來還好。

「你弟說什麼？」媽問。

我說，我試著講滌的狀況給你聽，但你不一定要接受，我只是讓你知道他的想法。雖然我這麼說，但我還是想著，那個滌說媽智商不好要講嗎？說她不會判斷要講嗎？滌的想法要怎麼讓媽了解呢？實在很難。滌說人要活在當下，有錢就要用，聽起來很有道理，但聽在媽的耳朵裡一定是詭辯。唉，我不會說我的感覺，我的意思是我聽滌說的時候我可以理解滌，但現在如果要把那些話跟媽說，實在是說不出口，覺得媽聽了一定會說那是什麼鬼話。

我就沒有說那些，我先說聲音的事。我說媽，你說滌在你收拾玻璃的時候，在那邊嘖，你可以想像他不是故意的嗎？他對於那種聲音的反應就像是膝反射，他不是對你開關門有意見，他是對那個聲音反感，他就是會不舒服，他就是會反應。

媽聽了突然大聲起來：反應什麼？不舒服什麼？開門關門那麼正常的聲音都

不能接受，也沒有想到媽在那邊撿玻璃很辛苦！叫他來幫忙不幫忙，撿完玻璃雨那麼大，玻璃那麼重，爸抱著那袋碎玻璃都沒有手撐傘，叫他幫忙拿也不要。天底下哪有不想做的事情就不要做？哪有這樣？哪有他不想做就可以不做？

「說我作威作福，他才作威作福！」

聽著的時候，我心裡想，可是他現在就是這樣啊。你說哪有不想做就不做的事，但他現在就是這樣。你很生氣，但你能逼他嗎？你覺得他不可以這樣，但他現在就是這樣。

但我繼續聽媽說，聽著她的怒氣，「很多事我都不想去做，我還是要去做啊！」如果是滌大概會回嗆，你不想做就不要做，是你自己要做。但聽著聽著，我突然發現，重點不是不想做就不要做，或是不想做還是要做的問題；我感覺到我在跟媽講話的時候，我說著滌認為如何如何，我卻沒有去貼近媽的心情。

我想起朋友逸說，「你在跟A小孩討論一件事情，你要想的就是A小孩的感覺，不管他的感覺你覺得如何，你要了解的就是A小孩的感覺。你在A小孩面前說B小孩什麼什麼，A會覺得你現在來找他說話並不是真正的關心他，你關心的其實是B。」「其實也不是不能談論B，而是你在跟A說話的時候，你是不是真的想要了解A的感受？跟你說話的人感覺得出來，你是真的想了解他，還是想跟他說他該怎麼做。」

我是來跟媽說話的，我當然是想要貼近媽的感覺，但是我不知不覺說了許多滌的感覺。媽說，你也去跟滌說一下，哪有都不幫忙家裡的。我說我不會這樣說耶，我跟他說話不會說這個，我去跟滌說話，就真的是去聽他說話。

媽看著我，嘴角微微動了一下。她輕輕嘆了一口，幾乎感覺不到的氣。

我

這次回來還沒跟滌說到話。行程很滿，回到老家的時間幾乎都在工作。我跟朋友說要回高雄，朋友說，喔，回去是因為寫作計畫嗎？我說喔不，回去是因為工作，說到一半後又說，也算啦，然後又說，也不算啦……

回來跟滌說話，算不算是工作？如果沒有這個寫作計畫，我會這麼頻繁的跟他說話嗎？從開始寫到今天，約半年，這半年我感覺有些東西不一樣了，有些東西仍然相同。有些東西一樣有些東西不一樣，好像在說廢話。好像是廢話，但不是，因為在這之前很長一段時間，我感覺到的是——似乎什麼都沒有改變。

但那麼長的十年，怎麼可能沒有變化？一直都有變化的，只是那個變化並不是身為家人所希望的變化。家人希望的變化是什麼？變好，變正常？我也是這麼希望的嗎？

我之前是那麼希望。說不定現在也仍舊這麼希望。變「好」變「正常」容易多了，相處起來容易多了。雖然現在我比較鬆了，沒那樣擔心害怕了，但我仍然可以感覺到，那個希望滌正常的自己。

滌說人都是自私的，這點我幾乎無法否認。我很想說，如果變得稍微正常對你來說也比較好喔，但我說不出來。因為滌變「正常」最大的影響是——對他的家人比較好，說得更實際一點，我們比較輕鬆。

「有個普通的工作，過著跟正常人一樣的普通日子，對他難道不好嗎？」我想有人可能會這麼問，媽可能也會這麼問。

之前跟媽討論到「自學生」。嗯，這是有點岔題了。我提這個只是想到媽這麼問：「他們那樣做，有比較好嗎？」這個問題幾乎是剛接觸到「自學」這個概念的人，普遍會問的問題。「會比較『好』嗎？」這裡的「好」，是以他人看待自學生在這個社會上的表現以及位置，來判斷「好」或「不好」，而不是將自學生當作主體，來問他們覺得好不好。

也就是說，如果自學生自己覺得好，那麼別人認為不好又能如何呢？如果滌自己覺得好，那麼別人認為不好又能如何呢？但這樣似乎又引出另一個問題——每個人都自己覺得「好」就「好」了嗎？接著會有的問題是，他真的知道什麼對自己來說是「好」的嗎？再接著的問題是，那麼現在這樣，他自己真的覺得「好」嗎？

這三個問題整理出來，我發現這些問題的對象不只是滌，也包括媽，也包括爸。或許也包括我包括所有人？但我先不拉得太遠。

媽看待滌是這樣——

「他自己覺得『好』就『好』了嗎？」

「他真的知道什麼對自己來說是『好』的嗎？」

「那麼現在這樣，他自己真的覺得『好』嗎？」

滌看待媽也是這樣——

「她自己覺得『好』就『好』了嗎？」

「她真的知道什麼對自己來說是『好』的嗎？」

「那麼現在這樣，她自己真的覺得『好』嗎？」

站在旁邊來看，滌自己的好跟媽自己的好是不同的方向，而他們生活在同一個屋簷下，自然形成了互斥。這就是困難的地方——無法認同對方的兩個人，卻又不得不生活在一起。如果自己所認為的好不與他人的好互斥，其實沒有多大問題（比如滌跟我？）但他們互斥，卻又不得不。媽的不得不我容易理解，那是因為放不下。但是滌呢？滌的不得不我好像也可以理解，因為比較「容易」；雖然滌不同意媽媽，但是依附著媽媽生活，相對來說比較容易。

滌選擇依附媽的原因，我可以懂。但是滌對媽的感情是什麼呢？這我就不太懂。有時候我會想，你這麼不同意他們，你就用你自己的方式去生活呀，不要依附他們。

我前面說滌依附他們比較容易，但那個容易也不是真的容易。他抱怨住在十字路口好吵，聲音好多，這些都是他選擇依附但又不得不接受的。他選擇了這樣的生活模式，卻又抱怨生活條件，那麼，他自己真的覺得「好」嗎？
一定有人會說：「給別人養有什麼好選擇的？有人養你就不錯了，還要什麼事都做到你滿意嗎？什麼都要聽你的意思嗎？」
所以我好像也沒辦法說「滌自己覺得好」這樣的話。滌說，「你要養我一輩子嗎？」滌也渴望脫離這樣的狀態。但是，有什麼方法呢？
滌希望媽繼續給他錢，讓他做股票，他就有機會賺錢，他就有機會可以翻身，可以脫離這樣的狀態。但那是把希望寄託在媽媽身上。媽不願意，滌就動不了。
我很想問滌想要試著做一些改變嗎？我很想這樣問，但同時我又知道他的困難。忽視他的困難就像對憂鬱症的人說那你就快樂起來啊。但是他的困難真的那麼堅不可動嗎？比起媽不願意再讓他做股票，滌面對人群的困難，究竟哪一個比較難？
有時我總是把事情想得太複雜。簡單來說，滌其實就是需要一個能夠讓他肯定自己，而他也能感覺到別人肯定的東西。但那個東西是什麼呢？
我能做什麼呢？

我在房間裡想很多，在房間裡打字，滌就在隔壁，但我沒有去跟他說話。不是不想，只是我也需要自己的時間。今天我打開筆電工作的時候，我突然發覺今天一整天好像都沒有看到媽。

不是刻意不見。我發覺家裡的生活型態已經變成像是同居的房客，如果沒有特別的事去敲門，去說話，那麼很有可能一整天都見不著住在對面房間的人。像是早上，我去吃早餐，我打開房門，媽的房門是關的，滌的房門當然也是關的。吃完早餐回來，我必須在中午前完成一篇文章，於是我進房間。中午過後我得出門去上課了，一直到晚餐時間回來，那時候媽已經休息了，她休息的時間非常早。一整天下來我只有看到爸，我跟爸同一個房間，我跟爸是室友。

我們家什麼時候變成同居宿舍？

只要在房間，房間的門都關著。並不是因為我們喜歡關門，而是如果門打開，滌要去廁所時會經過我們的房間，門開著會令他緊張，後來我們的門就都關著。

關著關著好像也成了習慣。我進到媽的房間，我說你不熱嗎？門沒開窗戶也沒開。我進到爸的房間，我說你不熱嗎？我第一件事是去把窗戶打開。他們對熱的容忍度變得很高，我就不行。但我真的不行嗎？我發現隨著我回老家的次數變多，我似乎也越來越配合滌的生活步調。從前我還會在客廳看電視吃早餐，現在沒有了。從前我在客廳看電視吃早餐時，滌會出來跟我說話。從前我在客廳時，滌還會經過我的面前。

經過我面前很了不起嗎？嗯，現在的滌不會與人在同一個空間裡活動，除了我去他房間敲門，進他房間說話。

最近情緒波動很大。

我剛剛躺著，想著不寫也沒關係。不是什麼重要的東西。當然，如果沒有寫完錢要交回去。這時候錢竟然變成了重要的東西，把人拉回現實。那麼，是為了錢寫的嗎？

很多感覺都被放得很大，我覺得很累。感覺很多的人要活著，很累。更累的是不被理解。「又沒有發生什麼事，你一定要那個樣子嗎？」「走路都沒在看車，魂是去哪裡？」「發生了什麼那麼嚴重嗎？」沒有發生什麼，沒有什麼「事情」發生，只有許多微小的感覺，自己心裡知道的感覺。很小，在心裡卻很大。

本來是跟別人無關的感覺，是自己心裡要處理的東西，但是被指責了，被指責為什麼要那個樣子。「你這是護身符嗎？」「什麼護身符？什麼意思？」你的意思是我擺出這個樣子但是你講也不能講嗎？可是你為什麼要講？為什麼要唸？我這個樣子，我也知道會對別人造成影響，但是我不想。所以我剛剛說了，我現在會怪怪的，可能會持續一段時間，我希望不會很久，但我沒有把握什麼時候會「好」。沒有什麼大不了的事，就是我自己心裡需要處理的事。我剛剛已經快要好了，我自己知道就快要好了，你為什麼又要戳我？

本來只是自己要處理的東西，自己在心裡想，慢慢整理的東西，突然被逼得非講不可，因為被說成是故意要讓對方不好受。但對方也不是故意，他只是覺得，「你怎麼突然變成這個樣子？」他不理解，他擔心。

所以我就變得很累。我指責對方為什麼要指責我，我又對自己的怒氣感到生氣。那麼一開始那個我需要整理的東西是什麼？那些被我放大的東西是什麼？那是這一連串情緒的主因嗎？也不是。主因是，對方期待我該是某個樣子，而我也期待對方該是某個樣子，甚至，我期待自己該是某種樣子。但是我做不到，我沒辦法，我覺得很累。

接著我發現，那個「要變正常」、「要變回好」，好像是這個東西，好像是這個東西讓我變得更不好，更不正常。

我坐在車上，腦袋裡東西很多。斌跟我說話時我像是沒有在聽，我在處理我自己的東西。回到家後我劈哩啪啦的寫，我很想要趕快把腦袋裡的東西處理完畢，但是太多了處理不完，我又很累。吃過晚餐後我繼續寫，繼續寫，可是寫不完了得睡覺了。我躺在床上，腦袋仍舊不停運作，可是明天一早五點半要起床，現在一定得睡。可是腦袋裡的東西一直在跑，一直在跑，我沒辦法睡。一點、兩點、三點，快三點了，我好像都沒有睡著。我很氣我不能控制自己，我很氣我想控制自己。我生氣到敲自己的頭。明明沒有什麼事，沒有發生什麼事，我只是想做的事情沒做完而已，我只是想控制自己卻無法控制自己，我只是討厭無法控制，我只是討厭那個想控制自己的自己。

生氣的時候，我一直想到滌。

沒有做完腦袋就無法休息，會一直一直想著那件沒有處理完的事。這時候所有出現的事都變成干擾，沒有任何事情比自己腦袋裡的事大。自己腦袋裡的事最大。這時候眼裡就沒有別人，這時候只有自己。

我想著滌也是這個樣子嗎？我是有時，而滌是總是。我不想要那個想要控制自己的自己，滌則是想要控制。但怎麼可能全面控制呢？人能控制的東西那麼少，真正能控制的可以說是沒有。但人還是想要控制，所以滌在那個房間裡，在那個小空間中控制著他想控制的，他能控制的。但空間再小，還是有東西會跑掉，還是有東西會進來。

昨天讀羅哲斯，讀到羅哲斯對「成為一個人」和「社會化」的看法。我一邊讀著，一邊試著釐清我與滌相處時，我所感到的困惑。羅哲斯說，一個人若能成為一個「人」，那麼，他反而能很合理的控制自己，而且會渴望社會化。羅哲斯說的「控制自己」以及「渴望社會化」，目前我在滌身上感受不到。

羅哲斯說的「控制自己」，與我前面寫的「控制」，是不一樣的東西。我前面寫的控制，指的是從自己出發掌控一切，企圖控制的過程中，只看到自己眼前的事，只想到自己。而在發現自己無法掌控，或反而被想要控制的東西控制住的時候，就對自己生氣，或對他人生氣。

但羅哲斯說的「控制自己」，反而是能去覺察他人的狀態——比如在想要大叫的時候，決定不要大叫，或是本來都用大叫來反映自己的情緒，但現在可以不用叫了。在他真正成為一個「人」後，在他真正成為「他自己」之後，他是可以去體察他人的需求、社會的需求，就像他體察自己的生理需求一樣。

這樣說起來，一個人只要能真正成為他自己，他就有社會化的可能？那麼滌現在「這個樣子」，是因為他還沒能成為他自己？可是我覺得，滌已經很像他自己了啊？還是那個自己，並不是真的自己？

可是什麼是「真的自己」？這是羅哲斯花了一整本書在談的東西，我自然不可能在這裡說清楚。但有個東西我是這樣想的——「真的自己」不是獨立存在，而是一種與他人交互作用下的存在。我的意思是，別人對待自己的方式，會影響自己的面貌，自己與這個世界相處的方式，而這不完全由自己決定。

所以滌現在這個自己，有可能不是真的自己？滌因為還不是真的自己，所以他還在對抗著這個世界，不想社會化？是這樣嗎？

我現在是這麼想。但在我整理自己腦袋裡的東西之前，我是質疑的——我認為滌好像沒有社會化的需求。我那時候想，羅哲斯說每個人都有積極入世的那一面，但當我與滌相處時，我卻感覺不到，我覺得他想要的就是走一條沒有人的路。但我又想，那會不會只是表面的樣子？

我把寫到目前的稿子寄給宋看。宋問，為什麼一開始是「滌姐」，後來變成了「我」？

其實一開始是「我」。打從一開始，我就是從「我」的角度在說，在看這些事情。像是日記那樣，把不得不說，不得不想的事寫下來，記下來。從一開始就是「我」，一直到後來，也就是現在，也是「我」。

但中間卻出現了滌姐，出現了「她」。我說「她」。我說滌姐哭了，「她」沒有想到，「她」這樣那樣。這個「她」當然也是我。為什麼變成「她」呢？

意識到自己真的就是要寫之後，我想著，我是不是該把自己抽出來看？抽出來寫？當然我不可能真的把自己抽出來，人要怎麼把自己從自己抽出來？當然是不可能。但有時好像又有可能，當我把自己叫做「她」，好像就出現了像電影那樣的畫面——一個我浮在半空中看著坐在那裡的自己，那個她，我從外面去觀察她；但因為我是她，同時我又知道她是怎麼想的。

我想這樣拉出點距離，來寫自己。我想要客觀的觀察自己。所以寫滌寫滌媽寫滌爸時都是「我」，但寫自己的時候變成了「滌姐」。我試著把自己當作滌爸滌媽和滌來寫，但後來發現好像沒有用，沒辦法真的客觀，也沒有必要。我既然要寫滌姐就該寫到裡面去，為什麼要客觀？客觀是為了什麼？然後很奇妙，我沒辦法真的客觀，然後也因為「我」變成了「她」，我沒辦法到很裡面去。

我無法真的客觀，又進不去裡面，那麼何必？把我變成她，這樣很難寫。尤其是寫到與宋的對談，寫到我看我自己，後面有大量的我看我自己，從我自己身上我好像又更了解滌，或者不是真的了解，但是一種連接。這種狀態是不可能用滌姐來寫的。

但又很奇妙，我發現一件事。每當我坐到電腦面前，寫著那些事，那些令我疑惑和混亂的，在我寫著它們的時候，我好像可以置身事外。這時的我明明也是我，卻又像個外人，像個外人在回想這些事，像個外人在記錄這些事。

我寫信給宋，問有沒有機會聊聊。我也還在想我究竟想要聊什麼？很可能我只是想找一個能真正跟他談這件事的，我又覺得信任的人，聊天。

我可能只是想要聊聊，但我想要深入的聊；我有一些困難必須要談，必須要說。但我幾乎沒有能跟我談滌的事的朋友。或者說，這不是朋友的問題，而是滌這件事本來就很難「談」，只能「聊」。

比如在某些時候，在茶餘飯後，聊著聊著有人突然問到——「你們家只有你一個啊？」「喔我還有一個弟弟。」「弟弟？怎麼沒聽你講過？你弟現在在幹嘛？」「喔沒幹嘛，他都在家……」話題可能到這裡為止，因為我不想多講下去，因為再說下去那些形容我弟的話，都會變成標籤。因為我不可能一開始就講到很裡面。我不喜歡那樣，但那些又是事實，標籤本身並沒有錯，只是無助於理解。

然後可能很久之後，有朋友又突然關心起我弟，「你弟還是都在家嗎？」

這真的很難聊。

但也不可能只要碰到滌的話題，我就要求對方深入的理解吧？因為我自己都不見得理解。所以偶爾我也會敷衍的聊，但這時候的滌只是個話題，只是個現象，不是個人。

宋還沒回信，我想著不曉得怎麼了。但這種時候又只能等，不能急。

早上起來寫滌。其實書寫的進度已經超前，可以慢一些。但今天因為自己情緒的關係，沒有進度。沒有進度又回來影響心情。

我剛剛覺得自己的狀態，很有可能，很有可能快掉下去，又被那個情緒控制。我想起前面寫的「控制」。我感覺著，自己又快要不好了，只要放下去讓她不好，她就會不好。但我又知道，我不喜歡那樣。

剛剛的我察覺到了，我察覺到那個很小的，很小但是不小心就會蔓延開來的東西。我現在在寫她，寫她，寫著寫著，這個東西開始可以放在手心上看了，開始可以觀察她，開始不危險了。

但有時候就會被她控制，而現在是我在控制她。但其實不是控制，而是相處，我看著她，跟她相處。

我可以明白她的感覺。我跟她說可以放鬆。「你知道，不要擔心。」「事情不在你的計畫中，但不需要擔心。現在沒有不好的事情發生，你只是因為不知道結果而擔心。」

我前面寫到──「羅哲斯說的『控制自己』，反而是能去覺察他人的狀態。」現在我覺得，控制自己，不只是能覺察他人的狀態，更能覺察自己的狀態；像看著他人一樣看著自己，觀察自己，了解自己。

我前面寫了許多我跟斌相處時，我無法「控制」自己──我說，我為什麼要控制自己？我不能讓自己是什麼樣子就是什麼樣子嗎？當然可以，我當然要先讓自己就是自己。理解我自己，然後，我就能控制她，或者說，她就能控制她自己，因為沒有人逼她。

宋回信了。一切都是我自己瞎猜。其實我也沒有猜，只是還未談定的事，心裡就不容易放下。從前我不認為自己是這樣的人，也不是不認為，只是沒有發現。

我後來才發現，我的緊張來自於控制。我想要事情「完美」。我這樣講，一定會有很多人不相信，「你不像是個追求完美的人啊！」我確實不是個追求完美的人。我跟滌不同，我並不覺得事情需要完美，世界需要完美，人需要完美。

但我會計畫。多半時候我是不計畫的，我對人生沒有計畫，對生活也沒有計畫。我只對自己想做的、正在進行中的事情計畫。而緊張多半來自「過程中可能發生的不預期」。

我猜我的內在隱隱約約有個東西，是期待自己做的事結果都是好的，期待自己能夠被喜歡。這與我平常在想的與說的，正好相反。我說，寫不是為了越寫越好，是因為我知道追求「好」只會把自己綁住，只會把自己困住。在其他的事上也是一樣。那個「好」是他人的好，他人眼中的好，他人的評價，我知道這種東西不能追求，深深切切的知道，明明白白的確定，但裡面的那個自己，卻無法不被影響。

但許多時候我確實不被影響，比如，正在寫的時候，正準備著什麼的時候。

但當把自己丟到他人面前，那個在意他人的自己就出現了。

在意他人不可以嗎？不好嗎？也沒有可不可以或好不好。那就是我，所以我也不會太苛責自己。

我發現，看起來我與滌似乎是截然不同的人，但裡面那個想要控制自己，並且在意他人看法的自己，十分雷同。我「看起來」不是個想要控制自己的人，滌「看起來」不在意別人的看法。但那都只是「看起來」。我真的去認識我自己時，我發現其實我是個想要控制表現的人。但滌會不會覺得自己是一個在意別人看法的人呢？我不知道。

羅哲斯說，當一個人本然的自己被他人接受了，他就有變化的可能。我相信，也似乎可以預見，如果能夠一直往那個方向走。但是這很困難。我不太知道該怎麼說。

我跟斌說，我可以感覺到，我也期待自己可以接受滌，可是，這是一件用想的很簡單，要完全做到卻非常困難的事。這跟從前的我又不一樣，從前的我可能不想，我對媽說，我不想去跟他說話；但現在的我並沒有不想。現在的我並沒有不想，但現在的我想去跟他說話嗎？

我是想的。我想了解滌，也期待滌能感覺到自己被了解，然後因為感覺到被了解，而發生變化。但這個想是藏在心裡的想。不是故意藏，而是，我心裡是這樣想，我覺得這樣比較好，可是回到家，我卻不一定會去跟滌說話。

我在想為什麼。如果我真的很在意，那麼我應該要更主動積極？但我卻主動積極不起來。我看著那關上的門，或是沒有關上門要讓空氣流通戴著耳機的他。去跟他說話不是一件自然的事，所以儘管我心裡想，但好幾次我回到家裡，又經過他。

我感覺到自己的想，但那個想是平平的在那裡，並不強烈。我覺得這樣也沒有不好。可是羅哲斯說的那個東西，那樣的改變，如果我的想只是平平的在那裡，好像不會有用。

在羅哲斯的個案裡，案主是自己來找羅哲斯，不論起初是否自願。有羅哲斯自己主動去找案主的例子嗎？如果一直都只是我這邊動，另一邊不動，這種停滯的狀態會持續多久？

滌

今天終於又跟滌聊天了。距離上次說話有多久了呢？兩個月？我不確定。今天說話，我又再一次感覺到，這像是在接觸另一個世界的人。我要先說，這是好的。

我忘了之前是否提過，與滌聊天的過程雖然累，但是好的。我忘了是否曾經強調過那個「好」。之前我寫到滌，我說好像停滯在某個狀態。好像沒有動。我寫到「我要去跟滌說話」，好像是一種任務，一種義務，一種應該要去做的事。

好像有一種，如果可以選，那我不想做，但不得不做，這樣的感覺。

但是今天，我突然又有一種新的感覺。

其實我是喜歡跟他說話的，就像他也喜歡跟我說話一樣。儘管開始說話之前，都不自然。但開始說話之後，我是愉快的。

我又往前去讀從前寫的東西，我不曉得我有沒有提過這樣的感覺。愉快不是快樂，用滌的話來說，是暢快，是必須一直動腦筋而又不需有所顧慮的，把腦袋裡的東西都丟出來，衝撞、刺激、火花。先前的對話難道就不暢快嗎？不，之前的對話也暢快，但我卻集中在那個累。有點類似拚命打一場要花腦筋的電動。其實不像電動，像是下棋。其實不像下棋，像是一來一往的辯論，但沒有一個中心話題，重點不是得出結論，而是接招。

今天我進去。開頭總是難的。我想起之前我們開玩笑說，拿顆球滾進房間裡，他就會去玩。我想著，要拿什麼當球呢？我拿了條布巾，捲成一團，然後丟進去。他原本直視電腦螢幕的眼睛，終於向右轉，沒有表情的看我，再低頭看球。

我說，你說可以丟球，但我找不到適合的球，要能吸引你的注意，又不能嚇到你。

他說，球，什麼都可以是球。

來了，出招了。什麼都可以是球。他看看我，看看球。我注意到他電腦螢幕上有一盤棋。我想著，我是不是打擾到他了？

「我打擾到你了嗎？」我說。

他的眼角向上飄。我馬上知道我說的那句話是廢話。

「打擾？你進來不就已經是打擾了？但你進來不就是要說話？」滌說。

我說，我想起上次我們對話時，我那時說，我要說一句你可能不開心的話，你也是這樣的反應。嗯，這樣的話確實是廢話。

但我接著說，「可是你知道我為什麼會說那樣的話嗎？」

滌看看我，又看看窗外。「社會化啊，社會化不都要求禮貌？你跟他們在一起久了，被影響了。你往那邊去，就變成那個樣子；就像我往這邊，就變成我這個樣子。不過，你還是比他們好一點。」

「你說得沒錯，是社會化。可是……」我說，「我不是因為表面的『禮貌』而問有沒有打擾。你說得沒錯，問的同時就打擾了，可是，我問那句話的意思是，如果你手邊有不能停下來或不願意停下來的事，那麼，打擾就會停止，我就會離開。」

滌看著我。他會這樣，看幾秒，再說話。滌說，「事情可大可小。」「事情可大可小，可以很重要，可以放下。」滌說，「所以我剛剛在那邊來來回回，要不要放下呢？沒有什麼不可以呀。可以呀，可以放下。」

當下我想到的是，那麼那些你不能放下的事，你有沒有可能放下？但我沒說出來，我只是在心裡想。

他一樣坐在椅子上，我一樣坐在靠衣櫥門框的位置，這是我們聊天時最常有的位置。

我說，那你會想跟我聊天喔。我心裡想著的整句話是，我也是你眼中社會化的人，那麼你還會想跟我聊天喔？滌的眼睛突然睜大，「會呀，當然，」滌說：「跟你聊天很愉快。」

我知道滌說的是真的。

每次跟滌說話，我都能再一次感受到什麼叫做「真」，而什麼是「沒那麼真」；兩個東西擺在一起看的時候，就會知道。滌的情緒，他裡面的來來回回，他說出來的東西，與他裡面的東西，那樣一致。在他面前，我也「幾乎」可以很真，但我還是有些東西藏在裡面，那個藏不是故意，是自然的。在當下我並不覺得自己在藏。但再回頭去看，像現在，現在我正在書寫，現在的我回頭去看那個時候的我，我知道有些東西我沒有說出來。

有時候會想，滌心裡面的我，是什麼樣子呢？他知道真正的我是什麼樣子嗎？他如果知道真正的我的樣子，他如果讀到我寫的他，他還會想要跟我說話嗎？我敢給他看我寫的東西嗎？我準備好了嗎？

宋

跟宋約碰面，在一家書店。我來早了。我坐在書店外的公園。我坐在木棧板上，陽光很好，我很想睡覺。

與宋碰面的前一天，我去W詩社講座。話講得太多了，太亢奮了，結果晚上很難睡。我想著，以後晚上還是不要說太多話好了，說太多話，腦袋一直轉，控制不了自己的腦袋。還好後來昏昏沉沉睡去，但睡裡也是一堆夢。早上起來，眼睛腫脹，我想著今天與人約會，要說一堆話。

我想著滌每天腦袋裡轉著那麼多事，他好睡嗎？

我坐在木棧板上，在樹蔭下，空氣涼涼，又有陽光。如果我躺下來，肯定馬上就睡著了，昨天的話都消化完了，腦子裡沒有話了，可以睡了。可是我無法躺下來，我社會化了。我坐的地方在書店門口外，公園通道旁。我終究沒躺下來。一個我說躺下來很舒服喔，如果是小孩就躺了，而且沒人會說他。另一個說別躺了，你等的人很快就要來了。

我的身體鬆鬆軟軟，腦子慢慢的轉。這時我看到宋走近書店。等待是一件非常有趣的事，你等的人會來，但你不曉得他什麼時候會來。你等著，然後他就突然出現了，突然就映入眼簾了，突然就到了。他突然就到了，你無法抓住那個時刻。

宋沒見過我。我的意思是，或許他見過我，但他不知道我的樣子。我主動叫他，「宋老師。」宋看到我，眼睛閃了零點一秒「啊就是你呀」的表情，他在腦子播放著見過我的印象嗎？我想是沒有。我們沒有談過話，他應該沒有印象。今天，是我們「第一次」見面。

書店還沒開，宋走到我身旁，坐下。我問宋怎麼來的呢？宋說開車來的。然後他說了新竹的地理位置，他住的地方離這裡大概多遠，開車多久。我們閒聊了一些生活上的事，很自然的閒聊，閒聊，不是寒暄客套。我們沒有馬上開始說滌的事。今天跟宋約，當然是要聊滌的事。我心裡擺著那些想問的問題，我不知道要怎麼開始，但我也不急著開始。

我們說了一些從前工作上的交集，我們聊了各自正在做的事。我說，我在帶四到六歲小孩的文字課。宋說，「文字課？」那麼小的小孩應該不是教他們認字吧？我沒有說是，也沒有說不是。我們聊到「說」與「寫」，我們從書店外聊到書店內，我們坐下來，喝咖啡吃甜點。我們的話一句一句接著，句與句之間的空檔很小。我注意到宋把幾張對摺的紙拿出來，擺在手邊。等我注意到的時候，宋已經切入話題了，因為太順了，我甚至忘了是怎麼切入。

「你提到球，你說因為沒有球，所以用什麼布包一包捲一捲丟進去……」

「嗯，我把一條布巾捲成球的樣子滾過去……」

「這個很有趣，雖然沒有球，可是你自己創造機會。」

我說嗯，但我倒沒想到是自己在創造機會。我說，每次開頭都很難，每次我都要想，要怎麼走進去。滌怕突如其來的聲音，所以不好敲門，「有次談話我們提到球，我開玩笑說，不然我滾個球進去好了。滌竟然說，你丟球進來，我會去玩……」所以這次我就想，試試好了。

「可是剛開始我丟球進去，他也是一副不理會我的樣子。不是我球一丟進去，他就馬上有回應。跟以前一樣，我不知道他是沒有發現，還是不想理我，我球丟進去，他還是盯著電腦螢幕，眼睛還是沒有移動。但這次我想，我來就是想要跟他講話啊，所以我就不管，我就不再猜他到底想不想跟我講話。我走進房間，站到他注意到我為止。」

「終於滌轉頭過來看我了。他看看我，又看看天花板，看看螢幕，又看看我。他站起來，又坐下，又站起來。往前走幾步，又後退，又看看窗外。」

「最後他撿起地上的一件衣服，穿上。」我說，滌平常在家是不穿衣服的，他穿上衣服表示他準備要跟你說話了。我突然想到，穿衣服，也算是一種社會化吧？

宋才開個頭，我就劈哩啪啦的說著。我說著說著，突然明白為什麼媽跟滌會吵架，「媽只是想去跟滌講話，但是對媽來說，她不明白為什麼滌要『那個樣子』，眼睛向上飄，愛理不理的樣子。其實『那個樣子』我每次也都會經歷，我也是後來才知道，那其實是他在想。」

「他知道你進來了，他擺出一副『你來要幹嘛』的樣子。但是他又說『事情可大可小』。他在準備，他在想他要放下手邊正在進行的事嗎？他也可能不放下，但是他在想。」

說著說著，我發現一些我本來沒有想到的事。事情就在那裡，只是我沒看見。我們要求一個不社會化的人要懂得與人的應對進退，那似乎是自己去把那扇可能對話的門關起？我的腦子閃過許多片段，但無法在當下細細的想，我與宋的對話正在進行。我們對話的節奏不快不慢，但幾乎沒有空檔。我的腦袋不斷的轉著他丟出來的話，我消化他的話，然後再把自己的話丟出去。

「你說到不知道能不能出版……這當然能出版……」宋說。宋的「當然能」，指的是「值得」。我當然很高興聽到他這麼說，雖然我還不曉得，最終到底能不能出版。媽媽認為這個書寫太私密了，不好對人公開。

坦白說過程中我也有過猶豫，但我猶豫的是另外一個點——這個書寫對他人來說有沒有意義？有沒有價值？簡單的來說——有沒有用？「有沒有用」似乎一直是我書寫的課題。書寫對我來說是個人的事，寫的時候我不會想得太多，但出版是另一回事。我總是忍不住想：「這個東西對他人來說『有用』嗎？我攤開我的感受與思考，對他人來說有用嗎？」

我還有一種不安——我是因為入圍才開始寫，那如果沒有入圍呢？那是不是不寫也沒關係呢？是不是可有可無呢？我的心裡一直有著這樣的質疑，有這樣的擔心。我有一種覺得自己不是很正確的感覺。

我把對自己的質疑丟出來。宋說，有時候某件事情之所以能夠發生，是因為有「東西」去推它一把，「你有寫的需求，也有寫出來的能力，但是，只有這樣可能不足以讓這件事發生。但你因為申請到寫作年金，使你不得不去做這件『你不確定該不該做的事』……」宋說，有些人不見得能遇見那樣的機會，而有些人是不一定有那樣的能力，但你現在剛好有這樣的機會和能力，實在沒有不做的道理。

宋說的話自然很是鼓勵。

宋接著繼續說，他會稱我寫的這個東西，叫做「療癒系的書寫」。「讀了很療癒，雖然『療』與『癒』是兩件事。」宋說，療是治療，癒是癒合，是兩種不同的狀態，「但現在大家習慣把這兩個字連在一起講，療癒，療癒，意思是讀了之後會覺得自己好像有什麼地方，被治療了好起來了一樣。」

其實我沒想到宋會用「療癒」兩字來形容。是不是真的能「療癒」別人我不知道，但我確實透過這個過程，療癒了自己。雖然困難的東西依舊很困難，剛開始的一段時間，我覺得我真是自找苦吃，我把自己丟到一個不得不去面對困難的境地。但寫到這裡，寫到目前為止，我很高興我開始寫了，它讓我原本的害怕和擔心變小了，雖然最困難的東西，根本還沒有開始。

「我是不是該讓滌知道我在寫的東西呢？」我問宋。我說，有些事情雖然自己知道應該怎麼做，但還是想聽聽別人的意見。我說我很怕，我覺得應該說出來，可是我又怕因此破壞了我跟滌之間難得建立起來的說話關係。我說完話，我等著宋回應。在等待的時候，我發現我竟然有點希望宋說出：不讓滌知道也沒有關係。

但是宋說：「是的，當然。當然你應該讓他知道。」宋說，「基於信任關係，基於出版倫理，確實都該讓他知道。」宋說，不管他知道以後是否能夠接受，他是否想讀，或不想讀，你都需要告訴他你正在做的事。

其實我也知道，如果我希望這個書寫能讓他人讀見，那麼我勢必得去面對，我必須告訴滌我正在進行的書寫，因為這才是這書寫真正的意義。雖然我害怕，但同時我又帶著希望，我想著滌知道之後我們的關係說不定有新的可能？但無論如何，我現在沒有那麼怕了；我已經快要寫到尾巴了，而最困難的事情還沒開始。

離開書店前，宋說：「我收到你的信，問我可以談嗎？」宋說他想著要怎麼回這封信，「我當然也可以就曾經有過的工作上的關係，公事公辦，不把自己介入，以工作的角度回信給你。」宋說。但他想著，他決定把自己放進去，他回信，跟我建立了關係。我們不再只是工作上編輯與作者的關係。

宋想跟我說的是——關係。

這我知道。知道到想哭。宋可以不用理會我的，可以不需要跟我建立「個人」

的關係。但他聽了我的問題，讀了我的書寫，前面那長達七萬字的東西，並且很快的回信給我，答應跟我碰面。但在這之前我們是沒有什麼關係的人，有也只是在工作上建立起的那一點關係。

我坐在宋的對面，我的心很激動，但我想應該看不出來。哭好像太濫情了。我覺得我太幸運，太幸運了。我為什麼能夠得到這些來自他人的無私善意？

我現在的力量，很多部分來自羅哲斯，但不如說是來自於宋。我與宋的信件往來，使得羅哲斯對我來說不只是一本書，不只是一個知識，而是一個真真實實的人。

滌媽

「我讀了你後來寫的部分了。這個部分有比較……」媽說這句話的時候，正好在過馬路，她的話在馬路中間斷了。但我猜她想說的是，她感覺我有比較站在她和爸爸那邊想？但因為話斷了，我無法知道她原本想說的是什麼。

我們一樣走到百貨公司八樓的樓梯間，那裡有張能讓人休憩的椅子。百貨公司的樓梯間，平時少人經過，好多談話我們都是坐在這裡說出來的。那天也是。媽坐下來了，準備要說話，我也準備聽她說。媽說，知道我要回來，所以她很快的把我寄給她的第三部分，先瀏覽過。

「這幾天我剛好頭痛，可是又覺得你回來一定會想聽我的想法，所以我就先很快看過……很多部分還沒有讀得很細，但就是先看過，先知道你大概想說什麼……」

說到這裡，媽停下來，像是在準備什麼，在想什麼。媽停了一會後，又繼續說：

「現在我有什麼話，就直接說，你可能會不以為然，覺得為什麼我這樣想……」媽像是在打預防針，預告她接下來要說的話，跟我的期望不會相同。

「我看了你最後寫到的，你還是很想要出版，是嗎？」媽問。

我說，是。一開始我不是很肯定，但寫到後來，我越來越覺得，或許這份書寫有它出版的價值。媽點點頭，「我也覺得你好像很希望可以出版，甚至超過在乎家人的感受。」

媽這樣說的時候，我的心抽了一下。「不是這樣，」我心裡想。要是可以不在意，我就不用那麼頭痛了。但我沒有那樣說出來，我把心裡那抽一下的感覺，先放旁邊。我說，「最後面寫到出版，那是因為剛好寫到宋對這份書寫的想法，我剛好寫到這個點上，我正在思考它出版的價值。但不代表我不在意你的感受。」我慢慢說。

媽靜靜的聽。她聽完後也慢慢的說，「你寫到的那個宋老師，他是從旁觀者的角度來看這個事情，他覺得有出版的價值，但他不是當事者。」媽停了一下，繼續說，「先不要說值不值得，也不要說好不好。我在讀你寫的東西時，有很多地方也是覺得很有收穫，也會讓我對很多事再仔細去想……」

「可是，我不喜歡這些事被公開……因為我就是會很在意。我沒辦法不在意，我沒辦法像你給我看的那個，那個什麼我的T媽媽，我沒辦法像裡面的那個媽媽一樣，我沒辦法那麼豁達。」媽說了好多個沒辦法。我感覺到她很努力的想把自己的感覺傳達清楚。

「然後我就很煩。我這兩天讀完你的東西，我就在那邊一直想一直想。我知道這對你來說很重要，可是我又覺得這些事情被公開，我會覺得不好，我的心裡會很不舒服……我就在那邊一直想一直想……」

媽說到一直想一直想的時候，我好像突然明白了什麼。我明白那種頭很痛的感覺，我知道媽媽說的那個：沒有辦法不去在意。我對她說，這樣我明白了，我很高興你清楚表達自己的感覺，而不是隱忍。我說，你不要擔心，我不會不顧你的感受——

「這次的書寫對我來說，最大的收穫大概就是發現對話的意義吧。我發現這比我想像中的還要重要，所以，我真的很想讓別人也知道，對話的可能，對話可能帶來的改變。我到現在還是期待出版的機會。但是你不要擔心，我不會不顧你的感受。」

我們說話的時候，有個男人經過樓梯間。一開始他在講電話，講完電話後，男人在我們對面靠近百貨樓層入口處的位置，坐了下來。樓梯間只有我們三人，誰說話都能聽得清清楚楚。我說媽，我們換個位置好了。媽問為什麼要換？我說對面有人坐。媽說他又不知道我們在說什麼。我說對，但我會覺得不自在，這樣我沒辦法好好說話。

「真奇怪，在意的事情都不一樣。」媽一邊說，一邊跟著我轉移陣地。我說對呀，每個人在意的事可能都不一樣。

我們搭電梯到百貨公司的美食街。這個時間美食街沒什麼人用餐，桌椅多半是空的。我們找了個角落坐下來。「這裡可以嗎？」媽說。

「很好啊。」我跟媽隔著桌子，面對面坐著。

剛剛理解了媽媽不想被公開的心情，但我還想再多知道一點。我說媽，你要不要再多說一點，我想多知道一些你讀完之後的感覺。

媽媽說好，她想一下，「我覺得，我覺得……我好像是一個奇怪的人。」媽媽說。

「奇怪的人？」我問，什麼意思，「你發現自己有很奇怪的地方嗎？」

「不是，是……」媽媽想了一下，好像在想要怎麼講。

「我在讀你的東西的時候，我覺得，這個不是我啊，我不是這個樣子。我在裡面好像變得很奇怪，變成一個奇怪的媽媽。你說我去買便當，你寫了好幾次便當，可是，我不是買便當耶，我是買晚餐。我不是隨便買一個便當給你弟吃，我不是隨便亂買。」

我一開始聽不太懂媽的意思，聽到後來才懂。「喔，便當。」我說，「便當只是晚餐的代名詞，我當然知道你不是每天都買便當啊。只是我們每次提到要給弟買晚餐時，說的剛好都是便當。」

「可是這樣讀的人會誤會啊，會以為這個媽媽怎麼都只給小孩吃便當，隨便買個便當打發……」「但其實我每天都在想，今天要買什麼，要有什麼變化……」「可是怎麼在你筆下，我好像變成一個很隨便的媽媽，只要有給小孩買便當就好了，買那個很油的便當……」「我每天都在想要變換什麼花樣耶。今天買壽司，明天買炒麵、炒飯、牛肉麵、餛飩……。還要抓緊你弟吃飯的時間去買，不然麵會爛掉。我還要抓可以用廚房的時間，幫你弟炒兩個青菜，你弟都沒吃青菜……」媽說，「我不是隨便亂買耶……」

聽到這裡我才發現，如果媽不說，我還真不知道她讀了之後想的是這些東西。我說，你繼續說。

「而且你裡面寫你弟不愛吃，說什麼很油。弟其實也喜歡吃啊，我都是買他愛吃的食物。」媽說，「你弟心情好的時候，還說過很期待我幫他買的晚餐，『每天都不一樣，好期待，好像猜謎一樣』……」

我沒想到這會是媽在意的點，真的沒有想到。我又說了一次，便當只是晚餐的代名詞，讀者應該不會那樣去想。「滌說很油，這個我也知道可能是他在情緒上說的話，但因為他當下那樣講，我只是描述出來……」我說，我試著想要解釋，想要讓媽媽放心。但說完後我想，媽媽是被寫的那一方，這就是她的感覺，或者說，媽媽只是把自己讀完之後的感覺說出來。

「我不是這樣，你寫這樣，我的感覺當然會不好。」媽說，「而且就算，事情真的是那樣，我也不會希望你寫出來。誰希望自己覺得不好的那面被看到？」媽好誠實，好像越來越誠實了。

「你知道嗎，我聽你說這些，我就又更清楚自己為什麼想要出版。」我說，我看著坐在對面的媽媽：「我覺得沒有幾個家庭有這樣的機會，去把自己的想法都說出來，然後也盡力去了解另一個人的想法。說真的，我一開始不是很確定我到底該不該寫，但我現在很高興自己寫了。如果我沒有去寫，我就沒有現在這個機會，了解你的想法。」

「寫作的人可能多少都有點自以為是吧。」我說，「這是對我來說很重要的事，我就覺得或許對別人來說可能也很重要。」我又說了一次我對出版的想法，但我並不是企圖說服媽媽。我只是想讓她知道這件事對我的意義是什麼，就像她讓我知道為什麼她不希望公開一樣。

「還有你知道嗎，我發現，寫到這裡，我發現最大的改變其實是我自己對滌的看法，還有我對你，我對爸的看法。滌本身有沒有改變，我現在覺得那已經不是最重要的事了。」

而我跟媽之間的關係，我從前沒有想過會有這樣的發展，這是我在書寫之前，完全無法預料的事。

「那我再講一些你弟跟你爸的事。」媽說。

「我之前說過了，你寫的那些事，你爸不會希望別人知道。」媽說，你爸也是愛面子，沒有人不愛面子。你爸那些事，親戚也只是大概知道，不是真的很清楚，但是你寫出來，大家就知道了，「要替你爸想一下，替你爸留點面子。」

「還有你弟，你先聽我講完，你再決定到底要不要把你在寫這個東西的事，跟你弟講。」媽說。

「你不要看你弟現在這樣，他其實也很在意外人對他的看法。如果真的有外人來，像是大阿姨上次來我們家，你弟也是會打招呼，說你好。或是跟他的營業員講電話時，你弟也都是表現得很好。」媽說，「所以你把你弟在家裡大吼大叫的事情都寫出來，這樣對你弟好嗎？我想應該不是很好吧？你弟應該也不希望這些事被別人知道……」

我說，嗯，你的考量我知道了，「但是，我應該還是會跟滌講，」我說，「不然好像有個東西卡在那裡。」

「可是，如果還不確定要不要出版，其實也不一定要跟他講？」媽說。

「我之前是覺得，如果要出版，就要經過滌的同意，所以我當然要跟他提這件事。」我說，「不過現在我覺得，就算撇開出版不談，我覺得如果沒有跟他說我在寫這個東西，好像有一個隔閡在那邊，好像……彼此不夠信任，不敢讓他知道……」

「其實我也會緊張，如果跟滌講，如果滌讀到我寫的東西，會不會破壞我跟他的關係？我也是會緊張。」我說，「但是，好像應該要跟他講才對吧？我不是很清楚，但我想要這麼做。我現在覺得我好像太晚才決定要跟他講了，都寫了那麼多才要跟他講。」

媽聽著我說，沒有反駁我。我知道她心裡仍然擔心，但她沒有反駁我。我覺得我們好像練習出一種，可以在不同立場的人的前面，好好的說出自己感覺的能力。我想那可能是因為我們並不預設目標？就像我心中雖然期待出版，但我不是以達到目的為前提在說話，在說服媽媽。

媽後來又說了一些，跟滌在生活中的小衝突給我聽。聽著聽著，我覺得真是太不容易了，我覺得媽媽真的是很不容易。換作我是媽媽，我會怎麼樣呢？我的想法會跟現在一樣嗎？我會不會逃走呢？我的狀況會不會比現在的媽媽更差呢？

媽媽說的時候，我想著這些。聽著媽媽說話，跟媽媽說話的當下，我感覺著這些正發生在我們之間的事——我發現，書寫將我帶到一個從未想過的地方。

滌

我說，我要先回房間囉，我得趕快把一些東西先寫下來。儘管如此，肯定還是有一堆，一堆發生在我們之間難以言喻的東西，留不下來。

我留了一些字，一些關鍵字。而現在我要怎麼呈現三天前我們說的那些話呢？我竟然有點不知所措，要從哪一件事開始說呢？

我本來以為，這會是一件最困難的事。沒想到它，一點都不困難。還沒開始前，我因為害怕而覺得困難，但是它太重要了，它是我一定得去做的事，不論結果是「好」還是「不好」，我都會去做，而我完全無法預料結果會是如何。既然如此，我就不用想著「該怎麼做會比較好」了。那不是我能決定的事。於是我就不想了。我只想著這次一定要說喔。我只想著這個，其他一概不想。

那天在說話中，我想起我要跟滌說喔。是的，我「想起」。這真的是很奇妙，每次跟滌說話我都會被當下的話題帶走，然後，就忘了要說。當然，也有可能是因為害怕要說。那天在說話的空檔，在那一連串說話中難得出現句點的時候，我突然說，「我要跟你說一件事——我在寫你的事。」

幾乎沒有前面，我就直接說了。我知道那些為了讓自己有心理準備或讓對方有心理準備的鋪陳，在我們之間完全不重要。我就直接說了。

我說，我在寫你的事。我申請到一筆寫作年金，今年五月要完成。我說，如果沒有申請到那筆年金，我可能不會寫。我說，我寫得很真實，什麼都寫了。

我說的時候很緊張。我忘了我有沒有看滌的眼睛。注意到的時候我已經說出來了，我去看滌的眼睛，我看見他的眼睛發亮。

現在回想那個片刻，一切發生得太快，快到我抓不住。我想要細細的描述當下發生的事，我卻只記得滌說，「對！要寫就要寫真實的。」

這似乎是滌回給我的第一句話。

我突然就鬆開了。之前的緊張彷彿都是假的。可是，我明明非常緊張，我明明存在著抗拒。但在說出來的那個當下，一切的變化跟著時間走，快到我察覺不到自己的變化。我一點都不緊張了，彷彿我一開始就是這樣。

我看著滌的眼睛發亮，他的表情看起來很有興趣。我繼續說。

我說，有出版社想出版，可是媽媽不希望，她不想讓家裡的事讓別人知道，「她覺得那些事情太私密了。」我說，其實文章中讀不出誰是誰，而且誰是誰，不是這個書寫中最重要的事。

「你在文章裡面叫『滌』。」我說，滌，洗滌的滌。我才剛說完，我看見滌的眼睛又發亮了，「滌這個字好耶。」滌說。

好像很順利，極其順利。但滌還沒有讀到啊，他讀到之後會怎麼樣呢？我說，我什麼都寫了，你跟媽媽吵架，說難聽的話，還有爸的事，我都寫了。

滌說，「我想讀。」

我沒想到滌會說他想讀。究竟是我先問的？還是滌自己說的？我已經搞不清楚了。我只記得滌看著我的眼睛說：「我想讀。」

這一切是怎麼發生的呢？在那之前，我們還談著強迫症。

滌講到開關電燈，開關門。「你知道你開電燈都是怎樣嗎？你是這樣——」滌按下電燈按鈕，發出戛的一聲，「我是這樣——」滌又按了一次，把電燈關掉，幾乎沒有聲音。

「你關門，你看，你這樣整個關起來，我是不是就要去轉喇叭鎖？這樣就會有聲音。但如果門不完全關上，我只要輕輕一推，門就會開，就不會有聲音。而且你把門關起來，使用者的味道就會留在裡面，下一個進去的人就會聞到。」

我沒想到滌突然提到開燈與關門。我說，你說的關門的事，我以後會注意，因為我也不喜歡廁所裡面有味道，而你說得很有道理。「但是開關燈，這個聲音對我沒有影響，當然我也可以注意。可是如果所有的事情都要小心翼翼不要發出任何聲音，這樣我會覺得很累。」

我說，你的標準比較高，如果要照著你的標準來做所有的事，那會很累。

「很累？標準高跟標準低，誰比較累？」滌說。

我說，都很累啊！

「標準高的人因為標準高，所以看什麼事都不順眼。可是標準低的人跟標準高的人生活在一起，他自己的標準在這裡，」我做了個手勢，「標準高的人的標準在那裡，」我又做了個手勢，「標準低的人事事要配合標準高的人，努力要達到那個高標準，卻怎麼樣也不可能做到，因為自己就不是這樣的人，所以很累啊。」

「而且對標準低的人來說，那個高標準又不是自己選的，卻要努力去配合，怎麼想都很累。」我說，「我們標準低的人又不像你，你是自己選的。」

我說完這句的同時，差不多是同時，滌說：「如果是自己選的，那就不叫強迫症了。」

他這一說我才意識到，對喔，我好像覺得那是「他自己」制定的標準，卻忽略了他「不得不」的可能。我說，強迫症是不得不嗎？滌說，當然是不得不。是，強迫症應該是不得不——我不這樣做我就不舒服。但是，每個人都會有自己喜好與厭惡的事，那麼，一個人是怎麼從「只是不喜歡」到「無法接受」？我又想，不得不的話，還真是沒辦法。但是，這樣一起生活的人也很辛苦。

「嗯，不得不喔，強迫症是不得不。嗯，那，你有可能只要求自己，但不要要求別人嗎？」

滌的表情似乎在想。他歪著頭說，「不太可能。」其實在我自己問完問題後，我也覺得不太可能。因為他的標準就在那裡啊！要他忽視同一個空間的其他聲音，很難。

因為說到了強迫症，我又問，那你剪頭髮怎麼辦？「你可以讓別人碰到你的身體嗎？」

滌的眉毛挑了一下，「幫我剪頭髮的那個人也有強迫症。」他說，「有兩家百元理髮。其中有一家，他剪頭髮會把我的頭髮用梳子向上拉起，然後剪，幾乎不會碰到我的頭皮。」

「所以他也不會在剪頭髮的時候跟你說話？」我問。我知道有很多理髮師很喜歡一邊剪髮一邊跟客人聊天。

他不會。滌說。

那麼，我們是怎麼從強迫症說到我在寫滌的事呢？像是前面說的，我在某段談話到一個句點時，我就突然說了。但那個句點在哪裡？現在我竟然想不起來。我們是在說完剪頭髮的事之後，切入我在書寫的話題嗎？說話是流動的，我現在無法確定當時的前後順序。我只記得提到書寫後，不知怎麼的講到媽媽。

我想起來了，我說，開始書寫之後，我才知道媽媽的一些想法。我提到整修廁所的事。

「媽說那是因為你之前在做股票，需要很專心。所以她怎麼可能請人到家裡敲敲打打？你一定會生氣。」

「為我想？」滌的聲音拉高。他離開椅子，站起來往前走了兩步，做了一個好像在擁抱對方的動作。他頭歪一邊，面無表情，雙臂擁抱空氣，停了三秒後，又坐回椅子上。

「媽說，她是因為怕吵到你，所以不做股票以後，她才請人家來修。」我說完後滌又站起，重複剛剛的動作，擁抱空氣，彷彿擁抱著誰。但這次他一邊做動作，一邊喃喃自語：「我愛你……我愛你喔……幹！」

我說，你現在是在演戲嗎？

「股票是我的名字耶，然後有人用我的名字，打電話給我的營業員，賣掉我的股票。幹！那個人也真的聽她的話賣掉。那是我名字的股票耶，是我的東西，我的財產。」

我有點聽不懂。我說，「你的意思是，之前你還做股票的時候，媽媽擅自賣掉你的股票？」

「對，她控制狂啦！自作主張賣掉我的東西，而且還不只一次。那是我的財產耶。」

這時我聽見開門的聲音，媽媽走出來了。我背對著她，但我知道媽媽正看著我們，而滌也望著她。我看見滌直直的看著她。滌看著她，然後加大音量：「控制狂啦！幹！」

我又聽見關門的聲音。媽回房間了。

我在想，媽會把滌的股票賣掉，可能是在某些狀態下，她「判斷」某幾支股票趕快賣掉比較好。不過這也代表，股票雖然是滌的名字，但媽覺得決定權還是在她手上，因為出資的是她。

但以滌的角度來說，媽既然出資給他做股票，就不該插手干預。話是沒錯，問題是，滌有時因為操作不當導致銀行帳戶額度不足時，就需要媽先借錢給他周轉。所以媽跟滌的關係，很難真正的分割獨立。

我把這情況說給滌聽。其實不用我說，滌自己也知道。我對滌說，你期待媽讓你獨立操作，但出事之後你能不能自己處理？你跟她借錢，你有沒有可能還？我說，你們有可能真的獨立自主嗎？你們有辦法分清楚嗎？就像做生意一樣，媽資助你，有問題時借錢給你，媽不插手，但你必須還。

滌挑了一下眉毛，「有可能啊。」但說完後他接著說，「可是沒有必要。」好像又回到之前的老話題。「你的意思是，你覺得媽的錢就是你的錢？反正媽死了之後錢也是留給你？」我問。

滌點頭，「你不想拿她的錢，但我就是會拿。」

「可是媽的錢不一定要給你吧？」我說，她也可以給別人。

滌說，對，但我就是賤。

「你就是賤是什麼意思？」

「我就是賤。我就是不敢出去吼狼幹（台語髒話）。我沒有勇氣。」

滌說吼郎幹，意思是去外邊工作讓人糟蹋。似乎有一種，替別人工作就是什麼都要聽別人的，這呼應媽的論調——工作哪有可能只做自己喜歡的？但是為了生活，媽不得不。但是滌因此選擇「不出去吼狼幹」，他選擇待在家裡跟媽拿錢。

我說，可是如果媽不給你錢，你為了活下去，還不是要出去吼狼幹？

滌沒有反駁。他說自己就是賤。誠實到有點認命。

滌又提到「滌」這個字。

「我覺得這個字用得很好。」滌一邊說，一邊雙手摩擦，「你看摩擦，就是滌。」滌又說，「不正常，對我是褒。」

聽到滌這麼說我並不意外，彷彿我本來就不意外。可是我還是擔心他讀到所有之後。但都走到這裡了，能做的就是直面。我問，你真的想讀嗎？

「嗯，我想讀。」

「那我 email 給你？」

滌停了一下，有點遲疑。滌說，email 很久沒用了，不知道還能不能用。滌遲疑的樣子像是不想去試。我說不然，我直接存檔案給你？

滌像是沒有想到這一步。他一邊說好啊你存給我，一邊說可是這台電腦買到現在，他從來沒有試過存檔案的功能，「你要存的話，給你去試。」

我回到房間，存了檔案在隨身碟，再回到滌的房間。我觀察滌的電腦，滌是用主機上網，主機前端的插槽都滿了，一個插滑鼠，一個插鍵盤。我正想著插槽都滿了，要拔哪一個起來呢，才想到對喔主機的後端應該還有插槽。太久沒有看到電腦主機這種東西了，都快忘了主機的後端有插槽了。

我彎下身去找主機後端插槽，將隨身碟插入。電腦有反應了，看來插槽都還正常。我將檔案拉至桌面，才發現滌的電腦沒有Office，沒有任何可以開啟文件的軟體。這怎麼辦？要用什麼開？我想了想，回房間將檔案存成可線上閱讀的PDF，存好後又回到滌的房間，重複剛剛的動作。這次可以了，檔案可以開了。

我開了檔案，試拉閱讀。滌站在旁邊，看著電腦螢幕。

「噢……我看到『媽媽』兩個字了……」滌的聲音有點高亢。

我說對呀開了，你可以讀了，「總共有八萬多字，你有空慢慢讀。」

說完後，我走出房間。我走出去又折回來。我說，好緊張。滌說緊張什麼？我說，我會害怕。滌說，有什麼好害怕的？我說，我就是害怕。

「我害怕你讀了之後，會不喜歡我。」我說，我就是會害怕。我問滌，你會害怕我不喜歡你嗎？滌說不會。我說我也知道你不會，你不怕別人不喜歡你，而我會怕，「我想要寫的，就是我們之間的差異。」

滌看著我，他看著我的眼睛，那表情像是佩服我能說出自己害怕。

我進到房裡，打開筆電，劈哩啪啦寫下了關鍵字。寫的時候又想，對，有件事要跟媽說，要趁今天出門前跟她說。我停下正在打字的手，起身，開門。

一開門，滌站在門口。

像是電影畫面，我一拉開門，就看到滌站在門口。他的前身彎曲，像是剛才正彎身準備敲門。門一開，滌馬上後退兩步，卻沒有離開。我看著滌，滌好像想要講話，他的臉上有著興奮的表情。所以滌是要來找我說話的嗎？我停下來，我沒有走去媽的房間。我停下來，聽滌說話。

「我要跟你說……真的，不是反話……」滌的聲音裡有著高昂的情緒。我看著滌，感受著他的興奮。

「完全沒有反話，小說家，真的是小說家。」

我沒想到滌會這樣說。真的沒想到他會這樣說。我很高興，但我的樣子卻不像他那樣高興。我的心裡很高興，但滌看起來比我還要興奮。滌說，你剛剛有聽到我在房間裡笑嗎？我說不確定，好像有。滌說我邊讀邊笑啊。

「你知道連續劇吧，電視會播的那種連續劇，就是想讓人一集接著一集看。但是很多都很難看。可是我剛剛讀你的，不能停下來，不想停下來。你寫得很真實，幾乎，沒有誇大。當然，你有你的詮釋……這個……」滌停了一下，似乎在想形容詞，但他沒有繼續說。我想滌應該是能接受作者的詮釋？書寫本來很大一部分就是作者的思考，作者的詮釋。

「我剛剛來找你。我輕輕的碰門。正準備轉動手把的時候，門打開了……」

「我已經好久沒有這種衝動，主動想要找人講話……」

「我現在很猶豫，我很想繼續讀下去，可是肚子餓了。我就在想，我要先吃飯嗎？可是吃飯後血液會衝到胃裡，頭腦就不清楚，就不能繼續，只能睡覺。我又想，還是不要吃，斷食，帶著啤酒去百貨公司的十三樓。流浪漢都可以找到自己覺得自由的地方。那裡沒有人，我可以去那裡一邊喝啤酒一邊回味剛剛讀的……」

「說不定新書發表會的時候，我突然出現——這就是滌……」滌一直一直說著，我不忍打斷。但當我聽到這個時，我忍不住打斷了。

「喔？如果真的有新書發表會，你會想出現嗎？」其實我也不是很肯定，有新書發表會是好還是不好？可能有很多東西要想。但我還是問了，說不定是好的？誰知道。

我一問滌就猶豫了。「我又退縮了……」他說。但我覺得無妨，不是現在就要決定，況且書出不出，都還未定。但我嗅到一絲改變的可能。不只一絲，簡直太多。我想到他竟然來敲我的門！距離上次他主動想找人說話，是多少年以前的事？光是這一點我就覺得不可思議。

我聽著滌說話，他又說了好多。他的聲音聽起來很開心。但是我估量時間，我得走了。我說，我得準備出門了，我得離開了。滌說，每次說話都是你先跑走。

「我現在看著我的姐姐，覺得她很可愛。沒有人像你這樣跟我講話。」滌看著我說。

我聽了好想哭。滌說，走吧。

還未結束的對話

將《滌》給滌之後，又過了一個月。現在我回家，不管滌的房門是開是關，我都可以輕鬆的走進去。當然這個輕鬆不是普通，跟滌相處再怎麼樣輕鬆都不是普通，我依舊要選擇可能比較適當的時間，而在他眼裡都不是最適當的時間。

他說上午八點到九點最好，而我想著但那個時候對我來說不一定好。滌看著我，過了一會又說，「不然整個下午也都可以。整個下午都可以，這樣行吧？」「整個下午的意思是到幾點？」「六點。」「那有機會。」

滌說，說話就是要在腦袋最清楚的時候；而我想著有沒有可能慢慢鬆動。

我跟媽說我給滌看了喔。媽喔了一聲。我說滌沒有反對，好像還滿高興我寫的。媽又喔了一聲。「這樣也好，你也算放下一顆心。」媽說。

媽對是否出版的態度，也漸漸鬆動了。我想可能是因為我表達了自己，卻沒給她壓力的緣故？媽說如果內容可以討論，「某些內容如果可以避重就輕……」我說可以討論啊，而且，其實沒寫出來的東西，肯定比寫出來的還要多，不是嗎？重點是如果你也覺得出版有意義，我們可以一起來想想那想要傳達的是什麼。

當我把最近的書寫給滌時，我問他之前的部分讀完了嗎？滌看著我，說還沒。滌說還沒的時候，我很驚訝，「你不是很想讀嗎？」滌說有些部分他根本就不想讀，「你寫到滌爸滌媽，寫那個要幹嘛？」滌說。

「我希望你們有機會互相了解。」

「我根本就不想了解他們！」

我原本以為我的書寫能讓他們彼此對話。看來我太自以為是了。媽的回應與滌給我的回應，像是三溫暖。媽給我冷水的時候，滌給我熱水；媽給我熱水的時候，滌又給我冷水。

但滌接著又說，「媽其實真的是一個很正直、善良的人，就是腦袋不靈活……」

我的滌呀，你剛剛才給我冷水，馬上又給我熱水。你們這樣冷水熱水一直來，我心臟不好可能會壞掉。

還好，我的心臟似乎越來越強壯了。

我對滌說，我不知道這個書寫對你們有沒有用，對其他人會不會有用。滌說當然，那是別人的事，你怎麼可能會知道。我想了想也是，我怎麼可能會知道。

「但我發現，對我來說很有用。」我說。

滌看著我的眼睛：「對自己有用就好了。」

老家的陽台有一株植物，我不知道它叫什麼名字。它的葉片橢圓，平面，葉緣呈小鋸齒狀。它住在直徑約十五公分的花盆裡，住了三十年。它的枝葉往兩旁伸展，約一公尺。

它如果住在土裡，我猜應該能長成樹。但沒有人將它移植。爸爸沒有、媽媽沒有，滌沒有，當然我也沒有。

每次回老家我都看到它。我看著它的枝葉與花盆空間的奇特比例，想著這樣也可以活下去。但除了比例奇怪，好像也不能說它長得不好。

我問滌你知道那株植物叫什麼名字嗎？滌說不知道。

「它住在那樣小的地方，感覺很可憐。」

滌說。

後記

在掀開之後，在對話之後，在持續晨寫之後

當初究竟是先看到台北文學獎徵件？還是我先寫好了開頭？事件的前後順序我經常搞不清。我只記得，手指一放到鍵盤上，停下來時已六千字。

入圍之後，我「開始」去跟滌說話。我本想在不驚擾家人的情況下，寫成一個虛構的故事，或者，讓人以為是虛構的故事。但寫著寫著，我發現這非寫不可的動力，來自我心裡的許多擔憂、腦袋的許多疑問。我越寫就越想探究下去，不只是對滌，還有媽媽爸爸。我開始回家，開始跟他們說話，開始把自己投入不得不面對的困難，從前我經常經過的困難。

所以我說我自討苦吃。光是去碰就是一種苦，去對話更是苦。坦白之前的忐

忑，以及坦白之後所直面的苦，這些都讓我問自己為什麼要自討苦吃？可是，我一邊自討苦吃，一邊又因為發現了從前不了解的味道，而感到驚喜（似乎可以用驚喜形容），而感到像是進到一個新的世界——原來還有這一層味道啊，原來還有那一層味道啊，那不只是苦而已。

從開始寫《滌》，到《滌》完成，花了近一年。所以這一年把那些苦都處理完了嗎？當然不是。但是至少這一年跟滌所說的話，比從前十年還多上許多；至少這一年我重新去看待我與家人的關係。

重新看待是因為進到了不曾去過的洞穴。那洞穴的深度令人呼吸困難、也令人想要放棄。這一年我與媽媽對話，一度難過到想要算了，覺得什麼對話什麼書寫根本都是狗屁。但從洞裡出來一段時間後，我開始回想與媽媽在洞裡所說的話，當時她的感覺。

我去感覺她的感覺，而不只是自己的感覺。然後我發現她也在感覺我的感覺。我們想接近彼此，卻因為接近不了而感到受傷，感到不被理解。後來我才體會到：完全的理解並不存在，而我們卻在追求那不存在的東西。

所以我突然明白了。我能做的不是完全的理解對方，也不是要對方完全的理解我。我能做的只有「想要」理解，如此之後或許對方也「想要」理解我。當然，一定也有都不想的時候。

現在回頭看，我很高興我自討苦吃。包括我因為疑惑而去找了宋，而認識羅哲斯，他打開了我認識心理學的眼睛，以及認識自己的眼睛。我很高興自討苦吃，包括為了完成寫作，每日晨起，這對喜歡賴床的我來說，真是一件痛苦的事（笑）。但是當我痛苦的爬起來，坐到筆電前打開蓋子，我雙手擺在鍵盤上，就嘩啦嘩啦寫起來了。那真是非常魔幻的時刻，那些字彷彿早就等在那裡，等著我打開蓋子。

這樣描述寫作，聽起來很超現實，像是打開一個魔法盒子。但其實魔幻時刻，來自於非常「現實」的時刻。

比如，與滌龐大的對話是怎麼寫出來的？從滌房間退出來後，對話剛結束的下一秒，我「馬上」走進隔壁房間，「馬上」打開筆電將兩個小時與滌之間幾乎沒有間斷的對話，用關鍵字記錄下來。如果沒有「馬上」，我大概無法重現那些對話。滌說的東西太多太多了，而我又不可能在跟他講話的時候，搬台筆電在他面前，或拿著紙筆在他面前。我能做的，就是不要去想寫作的事，而是專心的聽他說話。跟媽媽說話時也是，儘管我想著那些東西都好重要都得記錄下來，但是在講話的當下，我能做的，我該做的，就是忘記寫作這件事，好好的聽對方說話，好好的讓自己說話。

所以這個「現實」指的是，雖然有寫出來的壓力，但在當下我該在意的卻不是「寫」。寫是對話結束之後的事。而在對話結束後，我確實得抓緊時間讓腦袋專注，好讓那些對話像播放影片一樣重播。但儘管我努力的倒帶，能記下的也只有幾分之幾。

另一個層面的現實是，這些對話紀錄非常大量且瑣碎，在速記的當下，不可能將現場寫得完整，也不剛好有足夠的時間能寫。於是我將那些對話碎片都先丟到抽屜裡去，在之後每日晨起的時刻，再用那些碎片喚醒記憶。

有長達八個月的時間，我每天早上六點半起床，在早餐前，先把自己放到筆電前，把自己放到那些對話碎片前。我每天寫一點，寫一點，我不貪多，每天寫一小時。我不一次把碎片寫完，我留著碎片讓自己養成固定每日晨寫。

在開始寫滌之前，我沒有寫長篇的經驗。在獲知入圍時，我對該怎麼完成長篇書寫，真的一頭霧水。但當我試著養成書寫的節奏，我發現原本的「不知道」

開始迎刃而解——包括該寫成小說還是散文？包括雖然我有寫的需求，但到底該怎麼將它們完成？如果不先設章設節，那我可以怎麼去寫？除了技術上的問題，還包括寫作過程中不斷跳出來的疑問：書寫的意義究竟是什麼？這些問題，在開始持續每日晨寫後，我慢慢知道了那原本不知道的答案。

問題一直在某個地方，你不去敲它，不去掀它，它就一直是你不知道的樣子。這是我第一部長篇散文。在掀開之後，在開始對話之後，在持續晨寫之後。

我很高興，我完成了。

——二〇二〇年二月五日

滌這個不正常的人 / 廖瞇著. -- 初版.
-- 臺北市 : 遠流, 2020.05
面 ; 公分. --(綠蠹魚 ; YLM32)
ISBN 978-957-32-8760-5(平裝)

863.55　　109004461

綠蠹魚叢書 YLM 32
滌這個不正常的人
作者／廖瞇

總編輯／黃靜宜
執行主編／蔡昀臻
美術編輯／丘銳致
封面設計／朱疋
行銷企劃／叢昌瑜

發行人／王榮文
出版發行／遠流出版事業股份有限公司
地址：104005 台北市中山北路一段 11 號 13 樓
電話：（02）2571-0297
傳真：（02）2571-0197
郵政劃撥：0189456-1
著作權顧問／蕭雄淋律師
2020 年 5 月 1 日　初版一刷
2022 年 11 月 15 日　初版八刷
定價 330 元

Printed in Taiwan
ISBN 978-957-32-8760-5
遠流博識網 http://www.ylib.com
E-mail: ylib@ylib.com